CORREIO
NOTURNO

HODA BARAKAT
CORREIO NOTURNO

tradução do árabe
Safa Jubran

Tabla.

1 Na janela   9

2 No aeroporto   127

3 Epílogo: a morte do carteiro   151

A noite, noite passada, foi estranha e perturbadora;
Mais estranho como mudamos, eu e você.
Uma vez mais, pelo amor do velho amor moribundo,
Nós saímos, uma vez mais, em direção ao mar.

Algernon Charles Swinburne

1 Na janela

Minha cara,

Já que é assim que devem ser iniciadas as cartas, então, "Minha cara".
Nunca escrevi uma única carta em toda a minha vida. Há uma, imaginária, que revirei durante anos na mente, mas jamais redigi. Caso tivesse escrito, minha mãe, que não sabia ler, acabaria pedindo a alguma pessoa estudada do vilarejo que a lesse para ela. Catástrofe. Depois, descobri que todo o vilarejo ficou embaixo d'água quando a represa rompeu. Não sei para onde se mudaram ou para onde foram deslocados. A represa de tecnologia moderna foi construída pelo presidente para irrigar as terras áridas. Talvez eu já tenha te contado essa história. Não me lembro mais. Em todo caso, não é essa a questão. O assunto aqui é, basicamente, a carta que girava na minha cabeça. Queria escrever para minha mãe sobre aquele momento, quando ela me colocou no trem, sozinho. Eu tinha oito ou nove

anos de idade. Ela me deu um pão e dois ovos cozidos, falou que meu tio estaria me esperando na capital e que eu deveria estudar porque era o mais inteligente da família. Também disse: "Não tenha medo. Não chore".

Tenho de confessar que, quando o trem começou a andar, fiquei assustado, apavorado, me sentindo só, hostil a tudo. Tive muita vontade de agredir alguém, um desconhecido, sem nenhuma relação comigo. Algo para o qual eu não encontrava justificativa. É assim que eu libero meus impulsos: sem usar a razão, porque ela, às vezes, parece ser minha maior inimiga.

Quando aquele trem pegou velocidade, uma escuridão, parecida com o anoitecer no inverno, caiu sobre mim. Não tive mais medo nem chorei. Simplesmente mergulhei no cheiro de ovo cozido. Queria jogar o pão fora, mas não tive coragem. Era de manhã ainda (ela tinha me obrigado a acordar cedo), mas o trem seguia naquela penumbra, como em um longo túnel sem fim.

Aquele anoitecer ficou na minha mente, não importa que horas eram do dia. Era igual ao anoitecer quando o sol desaparece no horizonte, quando todas as criancinhas choram, todos os bons românticos ficam melancólicos, de Ihsán Abdel-Quddus[1] a Rilke. Uma tristeza inexplicável que envolve as delicadas e belas criaturas. Aquela senho-

---

1 Escritor egípcio, autor de romances populares. (Todas as notas são da tradutora.)

ra especializada em psicologia infantil uma vez escreveu: "Mãe, não se aflija com a 'crise de choro das seis da tarde', é um teste. A criança, por instinto, sabe que sozinha, abandonada pela mãe, vai morrer. Seu choro é para ter certeza da presença da mãe: 'ela está aqui, então, não vou morrer'". Minha mãe não esteve mais lá desde aquele instante.

Por você ser romântica e ficar triste ao anoitecer, e por gostar de cartas escritas em papel que o carteiro leva numa bolsa de couro pendurada no ombro e deposita na sua caixa de correio, eu vou te escrever uma carta. Talvez seja a única carta de toda a minha vida, enviada ou recebida. A neve, do tipo perversa e mesclada à chuva, não parou de cair desde a madrugada, e eu não vou sair com este tempo, de jeito nenhum. Vou ficar em casa e escrever uma carta para você.

Agora eu preciso encontrar com que preencher as linhas e o papel branco. O que eu poderia te contar? Não passou muito tempo desde nosso último encontro, ou teria passado? Além do mais, não tenho o dom de contar. Eu nunca conto nada útil a ninguém. As pessoas só escutam as outras movidas pela curiosidade. E eu falo muito, não paro de falar enquanto o olhar de quem me ouve continua ávido por informação, por alguma coisa excitante na minha vida ou na vida dos outros, de cuja ausência aproveitamos. É fofoca, mas chamamos de outros nomes. Você, provavelmente, já sabe que, quando abro a boca, falo tudo que me vem à cabeça. Quando vejo na minha frente, no café, um homem sentado numa cadeira de madeira, eu começo a tecer histórias sobre a indústria da madeira, seus diferentes tipos e usos. Sou capaz de ir além, falar sobre o dano causado às florestas do nosso planeta, desmatadas e devastadas pela paixão pelo hambúrguer, a tirania do capitalismo selvagem e as empresas gigantes que atravessam fronteiras, países etc. E se a cadeira do homem que está diante de mim for de plástico, mergulho então no mundo do plástico: falo de seu surgimento como subproduto do petróleo até suas aplicações modernas nas salas de cirurgia especializadas em medicina molecular, e por aí vai. Eu aprendi muito desde quando a estação sumiu atrás de mim. Enchi a cabeça — que minha mãe disse que era inteligente — com apetência, firmeza e persistência, a ponto de o hábito de coletar informações sobre qualquer coisa, e em todas as áreas, se tornar uma necessidade, uma tentativa vertiginosa de preencher vazios estranhos como o da bulimia, ou do vício, me esquecendo por qual razão ou causa e para qual propósito. Então, que eu faça proveito desse depósito e surpreenda a quem me ouve, deixando a pessoa sem palavras, ou que eu encante as mulheres, encante você, não permitindo que sua mente fique livre um segundo sequer, e assim não consiga pensar. Pois eu não quero, nem me interessa, saber mais do que fiquei sabendo no primeiro segundo, no primeiro instante em que te vi. Eu não me calo porque não quero deixar nenhuma janela aberta para a intimidade, porque a intimidade é uma armadilha. A conversa em voz baixa entre duas cabeças próximas é um tipo de confissão que tem a finalidade de quebrar o isolamento e afastar a desolação do coração das criaturas sensíveis que não suportam a solidão... Armadilha, na primeira acepção do termo, no dicionário *Almaany*, é "um precipício escuro". Imagine!

E eu... você já sabe que eu não sofro com isso, nada me afeta, exceto, por exemplo, a história com o encanador, que me deixou muito bravo, porque marcou comigo, eu fiquei esperando o dia todo e ele não veio. O fato é que não sou divertido e não vou te entreter. Acabarei repetindo as mesmas histórias sem graça que está cansada de ouvir, mas vai disfarçar seu tédio e eu vou disfarçar que sei que você está entediada, porque, ao te aborrecer de propósito, eu faço você entender que não vai encontrar nada de diferente em mim. Não sei por que você fica comigo. O que vê em mim?

Sei que sou um homem de beleza mediana, ou até menos. Também não sou muito educado. Melhor dizendo, sou um tanto deselegante, como quando ligo para você no último segundo para dizer que não vou ao nosso encontro, alegando estar com sono ou sem vontade de sair, sem sequer te convidar para vir até minha casa, sabendo — segundo meus precisos cálculos do tempo — que você já estaria vestida e arrumada. Simplesmente bocejo, me desculpo e encerro a ligação sem marcar outro encontro. O que você está esperando para me largar?

No encontro seguinte, você chega sem repreensão nem mágoa. Com um coração magnânimo, aproxima sua cabeça da minha após os dois beijinhos, olha diretamente nos meus olhos, pisca e, atenciosa, diz: "Como vai?" Fujo dessa porta que você abre para a sedução dizendo que não tenho dormido muito bem ultimamente. Assim, passamos uma hora agradável conversando sobre o sono e a insônia, os motivos dos sonhos e das fantasias. No entanto, rapidamente, te vejo dando voltas insistentes, persistentes, no óxido de carbono que sai da minha boca. Você deseja outra coisa: quer me ouvir falar sobre o motivo da minha insônia, pois a insônia é uma brecha fácil pela qual você entra e me faz confessar. Por que todos esses jogos? Você, sem qualquer esforço, pode ver a paixão que sinto e como transpiro ofegante quando nos aproximamos e eu cheiro seu pescoço, como fazem os pequenos animais. Sua beleza radiante me faz arder. Você não precisa de mim para saber como é gostosa, basta ver isso nos olhos dos homens. É claro que você sabe, e é por confiar muito nesse seu saber que sempre me perdoa. Quem é igual a você não se preocupa, não desconfia, não tem ciúmes, por isso me afasto rapidamente quando você está na volúpia da sua vaidade. Pego um livro enquanto estamos na cama, ou comento sobre a bela mulher que havíamos encontrado. Depois, pisco como se fosse para um colega meu, me gabando da capacidade que tenho para seduzir e conquistar as moças bonitas. Você ri comigo brincando, sem raiva, nem sequer uma pequena mágoa, depois sai.

De nada adianta se arrepender. Me ajude aqui. Você precisa ser mais humilde, não a ponto de se humilhar, mas o suficiente para insinuar que está um pouco apegada a mim. Não tenho de te relembrar que cresci sem pais. Meu pai foi tirado de mim, um pouco como se tivesse caído inadvertidamente, como se aquela mulher, que me jogou para dentro do trem, o tivesse empurrado para fora, pela janela. Eu não sei como os homens gostam das mulheres. Na minha aldeia, dizimada pelo rompimento da represa, não havia mulheres que amavam nem que fossem amadas. Havia criaturas sem sexo, ou talvez, naquela idade, eu ainda estivesse na fase pré-sexual. Eu vivia envergonhado da minha fome constante, permanentemente preocupado em disfarçá-la. Só me esquecia dela quando estudava. As crianças, em casa ou na rua, estavam sempre às dezenas à minha volta, como nuvens de moscas ou de besouros nocivos, ou, na melhor das hipóteses, feito gafanhotos. Não havia para onde escapar, onde fabricar os atributos da masculinidade e da feminilidade, ou outras futilidades dessa natureza.

Pouco me lembro daquele lugar repugnante e de sua gente. Mesmo quando me ocorre durante o sono, vem sob a forma de pesadelo. São ambientes infestados de sarna, não, de lepra, que se espedaçam e caem da memória como os dedos dos leprosos; são lugares inóspitos, acometidos pela pobreza, e é tarde demais para curá-los. Toda vez que leio algo sobre a felicidade de recordar a infância, sua inocência e doçura, e da saudade que deixa em nossa alma, fico surpreso. Imediatamente, minhas narinas se enchem com o fedor do esterco enlameado, lembro das nuvens de poeira cobrindo meus olhos, misturadas a remelas constantes que precisavam de muita água — que não tínhamos — para lavar e descolar as pálpebras um instante, uma hora, duas, antes que as moscas voltassem em bando para nos atacar armadas e resistentes aos safanões que lhes dávamos. É isso que você quer saber? Da minha infância? Dos anos que, como ensinaram a você, são o alicerce da personalidade do adulto? O início necessariamente feliz?

Depois, aproveitando a brecha que abri, você retorna à minha insônia. É só isso que vou obter? "Você ainda não consegue dormir bem? Seguiu meu conselho? Tomou a infusão de ervas que recomendei?" Por que não menciona nada sobre a insônia dos apaixonados, por exemplo, não é esse o propósito aqui? Bom, o que me causou insônia ontem não me causa hoje. Ou eu minto para me desvencilhar de uma confissão de algo íntimo, então você insistirá ainda mais; ou recuo e não minto, porque sou uma pessoa ansiosa e inconstante, então você virá em meu socorro; ou mudo o foco, renunciando à minha tentativa de levar sua atenção para mim enquanto homem insone etc. etc.

Mas e se fosse você a causa dessa minha insônia? Por que não tentar, por exemplo, me recuperar do interesse por outra mulher que me faz perder o sono?

Francamente, sua busca por significados se tornou insuportável. Lembra as histórias dos livros que você lê: introdução, desenvolvimento e conclusão. O tripé de ferro da lógica. Está assustadora em sua esperteza, em suas tentativas de arrancar o que há na minha intimidade, com o mesmo prazer de um caçador que abre as entranhas da caça. Vitorioso, pega uma faca e começa a cortar o ventre da presa pela parte inferior, antes mesmo de o coração parar de bater e enquanto ainda escapa um leve vapor pela mandíbula aberta.

É claro que estou exagerando, porque você também exagera ao levar a conversa muito a sério, como se levam a sério as evidências nos tribunais, só porque uma vez eu te disse que você era "única" para mim, apesar de que qualquer mulher menos inteligente entenderia minhas palavras como parte da sedução masculina em seu primeiro e mais simples estágio. É verdade que uma vez eu disse que estava apaixonado. Como se nenhum homem antes de mim tivesse se apaixonado por você! Como se eu fosse o único homem na face da terra! Você abaixou os olhos e sorriu, meiga e constrangida, sem me dizer: "Eu também estou apaixonada por você". Depois... Depois ficou esperando que eu começasse a história, uma história qualquer. Que história, minha filha? Aquela "confissão" não foi suficiente? Mesmo o Chater Hassan foi informado sobre as exigências para conquistar a princesa Sitt Alhusn, e só depois o peixe que continha a pedra preciosa pulou no seu colo². Será que devo ir pescar? Será que canto uma canção de Farid Alatrach?³ É um mal-entendido tremendo, e...

Mas espere um pouco...

Há um homem que não para de olhar na minha direção. Fica na janela, por trás do vidro, totalmente virado para mim, me observando. Faz um tempinho que comecei a ficar incomodado, e já fiz um sinal com a mão para ele parar e me deixar em paz, indicando claramente que eu não sou da sua laia. Ele, com sua constante, ou quase constante, vigilância, deve ter visto você na minha casa, quando fechamos a cortina na cara dele. Isso não tem cabimento! A cortina tapa a única fonte de luminosidade que tenho e me sinto sempre obrigado a deixá-la fechada para me livrar dele. É quase uma confissão da minha parte: tenho medo dele e por isso me escondo... Mesmo quando apago as luzes, fico espreitando; eu o vejo lá, olhando para cá com um sorriso maldoso que empurra o bigode para cima, como se soubesse que eu estou espiando.

Como você explica isso? Vai me dizer que é alucinação ou paranoia de usuário de cocaína? Você acha mesmo que sou um viciado? Só porque não obedeço às suas ordens

---

2 Alusão às personagens de um conto popular árabe fantástico: Chater Hassan (Hassan, o Esperto) e Sitt Alhusn (Bela Dama).
3 Famoso cantor e compositor árabe, era conhecido pelo tom triste de suas canções.

de parar de destruir minha saúde? Fico admirado, minha querida, que você esteja a essa distância da vida real. Não, a cocaína não é a vida "real", mas sim as ideias prontas que você enuncia e sobre as quais não sabe absolutamente nada, a não ser o que recolhe aqui e ali segundo suas conveniências. Até poderia dar certo, se você não tivesse sido tão invasiva, mas conforme eu recuava, você avançava para ocupar o espaço; até mesmo este quarto mobiliado passei a chamar, como você fez, de "casa". Um quarto miserável num prédio de apartamentos alugados pelos cafetões para as prostitutas que ficam na calçada ali embaixo. Tudo bem que chamemos de casa. Apenas mais um dos seus artifícios para me elevar do status de pobre; igual ao seu "esquecimento" de algum dinheiro na mesa... São boas intenções, é claro. É que eu não sou pobre, sou paupérrimo; mas, minha inteligência, como você diz, é uma fortuna! Tudo bem você trazer produtos de limpeza, desinfetantes e todo tipo de pano, além de caixas de papelão e sacos plásticos, e, como o furacão branco na propaganda de televisão, começar a varrer, limpar, polir, arrumar. Tudo para tornar este buraco uma casa! E ainda sentindo uma felicidade indescritível... Como posso me opor? É verdade que não existe nenhuma lei obrigando uma mulher liberal a gostar da sujeira ou da bagunça, mas você, sem dúvida, deve ter notado que os lençóis limpos e os aromas dos produtos antissépticos e desinfetantes diminuíram muito a rapidez e a potência da minha ereção. Por isso, você se desculpou da invasão desta pequena área, na qual eu me isolei do mundo, e prometeu deixar as coisas voltarem a ser como antes, isto é, antes do furacão. Mas não cumpriu a promessa. Depois, eu mesmo comecei a trocar os lençóis, limpar a pia, tirar o pó antes da sua chegada. Tudo por medo de você! Como se não faltasse mais nada, exceto arrumar um canto para o fruto do nosso amor e começar a montar o bercinho de madeira que escolheríamos juntos no catálogo da Ikea.

Você está completamente fora da realidade. Certa vez, disse brincando que sua menstruação estava atrasada. O que você quer? Ser mãe? Minha mãe? O que te seduz nesse papel? São seus hormônios que estão subindo à cabeça e te cegando? Você não é um ser civilizado que controla seus instintos? Onde está seu famoso discurso sobre a feminilidade violada? Era uma armadilha só para me deixar tranquilo? É bom você se decidir e me dar a chance de explicar, talvez com poucos detalhes, para onde me levou aquele trem do interior. Quero dizer, como e com que rapidez eu me esqueci da mulher que me pôs nele. Do contrário, como eu poderia ficar naquele vagão que me levava não sei para onde? Eu me esqueci dela imediatamente. Ela também se esqueceu de mim. Nunca veio me ver. Talvez para não atrapalhar meus estudos. Sua ignorância e seu atraso só me deixaram o fedor do ovo cozido e aquele túnel escuro. Se a colocassem no meio de outras mulheres, eu não a reconheceria. Essa mulher destruiu minha vida e me fez errar neste mundo de Deus, cujos habitantes são estranhos. Estranhos e órfãos. Nunca chegou ao meu conhecimento que tivesse procurado por mim. Contudo, quando ela morreu, um dos meus irmãos que, não sei como, encontrou meu número, ligou e disse: "Eu sou fulano, seu irmão", não me lembro mais qual deles. Depois anunciou: "Sua mãe morreu". Acho que eu respondi: "Meus pêsames", ou algo assim. Então, fui tomado pela fúria. Comecei a questionar por que me ligaram. Qual era o propósito daquilo? Por que me informaram, sendo que nunca, nenhuma vez, quiseram saber de mim?

Quando uma galinha ficava doente, ela cuidava dela. Carregava a galinha o dia todo para que ficasse longe das investidas dos galos. Dava de comer na mão e só soltava depois que sarasse. Ela rezava para que o parto da ovelha não fosse complicado. Ficava do lado, passando a mão no pescoço do bicho. Cantava para ela e depois soltava um grito de alegria quando via o cordeiro se mexer na placenta. Chorava de tristeza ao escutar o balido dos cordeiros desmamados. Mas, para mim, nada. Dias se passavam sem que ela me olhasse. No banho, jogava água quente na minha cabeça e gritava comigo se eu reclamasse. Eu não tinha nenhuma utilidade: não dava ovos, nem leite, nem carne. Eu era apenas uma barriga de boca aberta. Por fim, me mandou para longe, para um lugar do qual ela nada sabia...

E aí ela morre. Não há mais lugar para a vingança. Não tem como acertar as contas, vislumbrar esse retorno que só existia em meus pesadelos. Neles, eu encontrava uma maneira simples de contar a ela como se apagaram, dentro da minha mente, todas as moléculas de oxitocina. Explicava que os médicos aqui chamam essa substância de "hormônio do apego" — já que ela valoriza o saber — e que, no meu cérebro, superior ao dos meus irmãos, as regiões que apareceriam em preto num raio-X, por serem impermeáveis aos raios, eram exatamente as responsáveis por condições e sentimentos como depressão, medo, violência e abandono.

Li, uma vez, num livro, como as mães devoram seus filhos machos de tanto amor que sentem por eles. Engolem os filhos por saber que eles não serão felizes com ninguém, exceto com elas. Assim, devolvem as crias ao lugar de felicidade máxima, inigualável a nenhuma outra. A mãe, cujas entranhas só se satisfazem com a masculinidade do filho, oferecerá seu querido cadáver em sacrifício. Aí está, esse amor que se alimenta até mesmo dos cadáveres!

Eu, minha mãe me jogou naquele trem do interior como um saco de lixo. Por isso, no início, eu aceitei seu jogo. Você era uma nova mãe, de um jeito intermitente, eu sentia o cheiro do leite enquanto tentava preservar minha virilidade. Apesar das minhas tentativas persistentes, foi impossível, eu caminhava para o precipício, mesmo enxergando claramente. Me aproximar dos seus seios fazia, imediatamente, eu imaginar o leite; ficava com medo, ao apertá-los, de sentir as gotas escorrendo pelas mãos e o odor rançoso do líquido branco.

Mas quando senti o cheiro de alho em "casa", achei que você tinha ido longe demais. Era preciso colocar um limite. Fritar um ovo, abrir uma lata de sardinha, tudo bem. Mas alho? Alho significa cozinhar, uma colonização declarada, sem direito à resistência. Quem pode resistir a uma mulher que beija uma boca com bafo de alho, que aceita todos os odores de um homem, que lava suas cuecas e meias nojentas com alegria? Quem resiste a uma mãe cujo filho tem plena consciência de que ela quer engoli-lo?

Acho... Acho que já é hora de trocar umas palavras com o homem que não para de me olhar. Quem sabe possamos nos entender. Vou explicar francamente a ele que eu gosto de mulheres, quero dizer, de mulheres apenas, mas que não tenho nada contra homossexuais. Tenho muitos amigos de quem gosto muito e que... E se eu perceber que está sendo receptivo, explicarei com calma como sua vigilância me incomoda, que se tornou irritante e que não há necessidade de eu ir à polícia para dar queixa...

Não farei nada disso. Eu li que os desejos reprimidos de alguns homossexuais podem provocar atitudes criminosas de extrema violência, sobre as quais eles não têm controle, um sadismo sem limites, que nem mesmo cometendo assassinatos eles conseguem saciar essas inclinações doentias. Muitos deles se transformam em sanguinários. Tudo bem, eu li isso num livro barato, do tipo que se vende a quilo, mas vai saber? Sim, quem sabe? O fato é que tenho medo da minha sombra.

Vou esperar. Talvez ele desista e pare com isso.

Queria te perguntar como pôde desprezar toda essa paixão. Essa paixão incomum e esse desejo de transar dezenas de vezes, centenas, você não percebia? Não via como meu peito se rompia e minha pulsação enlouquecia a ponto de eu quase sufocar? Como eu obedecia ao movimento do seu corpo feito um criado, um escravo? Como eu a beijava dos dedos dos pés às mechas dos cabelos? Como, de tanto contemplar cada centímetro quadrado da sua pele luminosa, eu sabia, de olhos fechados, o lugar e a cor de cada pintinha? Como pôde considerar insuficiente essa paixão? É trágico! Sim, trágico, porque era tudo que eu tinha: desejo puro, feito, perfeito, sem defeito.

No entanto você esgotou esse desejo, com suas perguntas constantes sobre "garantias"; sobre os "serviços pós-venda"! Até quando você vai...? É uma prova constante, e você quer que eu erre. Então eu respondo, movido por sua insistência, dizendo o que você não gostaria de ouvir. E quando respondo o que não quer ouvir, você não se opõe! Então, eu digo que, aos poucos, com certeza, em virtude da rotina, o tédio vai se instalar em nossos encontros, ou seja, as coisas acabarão seguindo seu curso natural. Voltarei a olhar as coxas e os seios das mulheres, sem prestar atenção na sua bela conversa e nos seus seios tão próximos de mim. E você aceita! Aceita rapidamente. Por isso te coajo, exagero, quem sabe você se oponha, com um pouco de raiva ou de mágoa. Tudo isso ainda será seguido por mentiras escancaradas e desculpas inventadas por mim, como dizer que não poderei te encontrar por dias ou até mesmo semanas porque, adivinhe, estou ocupado! Ocupado com quem, com quê? Você não pergunta.

Quando nos encontramos depois de um tempo, fico admirado ao ver que minha mentira se tornou verdade. De fato, é possível viver sem você. Quero dizer, são as leis da natureza, não estou inventando nada. Quando vejo você caminhando na rua na direção oposta, voltando para sua casa, respiro aliviado. Não vou deixar uma mulher que eu montei me montar. Levanto a gola do meu casaco e caminho ligeiro, alegre: é uma mulher bonita e simpática, passamos bons momentos juntos...

Ou então levanto a gola do meu casaco, tento respirar fundo, mas sou derrotado por uma crise de choro. Às lágrimas, gritando em árabe para que ninguém me entenda: "Ela ficaria cansada, entediada, com certeza, porque não há nada em mim que divirta as mulheres, e é por isso que ela brincou comigo desse joguinho de cozinhar e transformar o *studio* numa casa. É a lei da natureza. Ela me deixaria e eu não suportaria isso!"

Estou realmente triste neste momento ao escrever sobre minha hesitação, sobre minhas idas e vindas entre o alívio de me livrar de você e a tragédia de te perder, e sobre nosso fracasso juntos.

Mas... Mas como esse homem aguenta ficar parado assim no frio todo esse tempo? Ou será que quando eu não estou olhando, ele entra e fecha a porta da varanda. Sempre aparece do nada, feito mágica, logo que eu acendo a luz ou abro a cortina. Sua figura lembra um pouco aquele homem chato que encontramos uma vez num supermercado no centro, e você comentou sobre o bigode dele, como era feio e também que ele tinha um olhar atrevido, a ponto de me obrigar a te apresentar como minha "propriedade", minha "posse", como reza a língua da testosterona. Sim, sua beleza às vezes joga contra você, provocando em mim o instinto do touro, que me faz mostrar os chifres, arrastar o casco no chão e bufar. Ficar com ciúmes de você não significa que eu te amo. É coisa de macho apenas, competição pelo tamanho dos testículos, a presença de uma fêmea num território ocupado por dois machos. Está nos meus genes. E não quero, nessa minha batalha contra o mundo inteiro, ter de lutar também com meus genes. Por que eu estou numa batalha contra o mundo inteiro? Não sei. Pergunte ao mundo. Talvez porque eu me sinta numa luta sem ter armas para me defender, e da qual saio com hematomas. Não sou pacífico, mas não encontrei ninguém que me fornecesse armas, e o pior é que sou franzino e não tenho coragem de bater em ninguém. Então, eu sou fraco e covarde, e minha raiva volta em dobro contra mim.

Às vezes, você reclama da minha agressividade, para a qual não consegue ver nenhuma razão. Você pergunta sobre os motivos da minha raiva, não para atenuá-la por amor a mim, pois basta deslizarmos para debaixo dos lençóis que a raiva me abandona, mas porque você é intrometida e faz manobras para um novo ataque.

Você se lembra da primeira vez que te vi? Eu disse que você parecia com as atrizes dos anos 1940. É claro que eu quis dizer que era bonita, mas você não respondeu sequer com um sorriso. Então eu disse a mim mesmo que você tinha ganhado o primeiro *round*, e pagaria caro por isso. Desde sua chegada à minha cama e a cada vez que saio de você, eu respiro fundo e recuo, com todo o esforço necessário, para desempenhar o papel que escolhi para mim. Passo a mão no seu cabelo e pergunto se foi tudo bem, se o "round" foi bom, a seu gosto, como um encanador que, ao terminar o serviço, pergunta à madame se tudo estava do seu agrado. Devolvo você ao humilhante abuso. Quero te afastar de mim. Conto piadas que já contei muitas vezes ou fico parado na janela e digo algo sobre o tempo lá fora, para te lembrar do "lá fora", e de que você precisa ir para não se atrasar. Depois, me visto para te acompanhar — só um pedacinho do caminho! —, como um cavalheiro. Você não se opor a esse meu jeito vergonhoso me fere profundamente. Você não fica brava, não xinga, sempre volta para mim como se nada tivesse acontecido. Que diabos, como você aceita? Por que não me ama? Droga!

Quando te bati pela primeira vez e você correu para me abraçar, soube que me livrar da sua companhia seria mais difícil do que eu esperava. No dia seguinte, disse, me desculpando, que não sabia o que você queria de mim. Sua resposta, com lágrimas nos olhos, foi: "Não quero absolutamente nada". Absolutamente? Poxa! Nada, absolutamente? Por que então você parece ficar dando voltas ao meu redor com uma vasilha vazia, enquanto eu permaneço sem saber o que devo colocar lá dentro? Por acaso eu oculto coisas ou guardo segredos? Se é assim, por que então você volta? Não vê que não me esforço nem um pouco para esconder meus casos com outras mulheres? Acha que falar sobre elas te faz especial, a eleita? Acredita que isso situa você na minha intimidade à exclusão das outras? Ou são suas ideias civilizadas contrárias à possessão do corpo do outro? Quer dizer, você não dá a menor importância ao fato do meu corpo te pertencer? Bom, que seja. Então, você não vai bater na minha porta e não vai ficar tocando a campainha até eu abrir. Não vai expulsar a mulher que pode vir a encontrar na minha cama e tentar me ganhar com o suor do seu rosto. Não vai aproximar minha cabeça do seu coração e me fazer carinho. Por que você é tão dura? Como pode acreditar no meu arrependimento e nas minhas lágrimas depois que bato em você?

Apesar de todas as suas reivindicações, você parece ter saído de tempos antigos, vinda das zonas vazias, do lado insignificante, das varandas que embalsamaram a palidez das mulheres presas numa lua de neon fria como um peixe congelado, enquanto outras mulheres chupavam o sangue do príncipe encantado para modificar sua composição, injetavam ácido no seu crânio e pintavam seu cavalo branco com *kohl* e outros produtos de maquiagem pesada, se divertindo horrores.

Na verdade, você não me vê a não ser quando estou bem na sua frente e sozinho. Por exemplo, não sabe que, quando te vejo rindo alto para outro homem, tenho vontade de dar um tapa na sua cara e sempre penso: "Vou fazer isso quando estivermos a sós, e vou explicar a ela que tenho ciúmes", porque desprezo todos os que estão a seu redor, não porque tenho medo deles. Sua comiseração com os outros tem algo de estúpido, com certeza. Por acaso você precisa disso para se divertir? É porque sou cansativo e entediante? Não consegue ver, com seus belos olhos, como beijo sua vagina com sofreguidão e ardor? Isso, no mínimo, é divertido. Não? Você não compreende esta paixão. Eu, toda vez que transamos, me arrependo. Pergunto a mim mesmo: "O que quero com esta mulher?" Meu desejo dá a você uma força que não consigo suportar. À noite, quando sonho com você, acordo assustado como quando tenho um pesadelo e, imediatamente, começo a duvidar da minha potência sexual. Sinto, na hora, que a perdi definitivamente. Feito doido, eu procuro por você e, quando te encontro, faço tudo para me defender da acusação e para sugerir que o que temos é insignificante. No café, fico calado, bocejo e repito o quanto lamento porque as condições não permitem que nos encontremos mais. Você, é claro, olha para o relógio e me deixa divagar na angústia da minha impotência. Faço sua permanência durar um pouco mais, e você acha que eu tenho algo importante para confidenciar. Agora é minha vez de olhar para o relógio e te deixar no café, me apressando para sair, me desculpando por ter esquecido da hora. Caminho no ar fresco. Compro pão e frutas. Imagino você voltando furiosa para casa, se perguntando qual seria o motivo de eu ter insistido em te ver? Depois, eu penso em você saindo para se encontrar com seus amigos, jogo o pão e as frutas na primeira lata de lixo que encontro, subo as escadas, vazio e com frio, talvez passe na casa de uma das minhas amigas, talvez leve essa amiga comigo e improvise para ela um jantar gostoso e um monte de gracejos.

Já que não convenho a você, pois não tenho fino trato, que não aprendi com ninguém...

Às vezes, quando estou sozinho à noite e o demônio do seu rosto vem me assombrar, sofro ao te imaginar triste, sentindo minha falta. Me tortura o fato de você não ter um lugar na minha vida e de aceitar ficar fora dela...

Mas você tem razão. Que vida eu tenho para oferecer? Estou falido. Aos olhos dos outros, pareço contrariar meu destino, pois quem se encontra na minha condição não recusa nenhum trabalho, seja qual for o pagamento. Na minha situação, qualquer salário é digno, isso é verdade, mas o trabalho...

E, no entanto, eu trabalhei. Trabalhei para aquele militar golpista que abriu um jornal para ensinar a democracia aos simples mortais e, a cada incursão dos inspetores do Ministério do Trabalho, esvaziava as mesas dos funcionários. Corríamos para a rua, feito carneiros, pelas escadas do luxuoso palácio, e ficávamos esperando nos cafés até chegar o valentão encarregado da segurança e assobiar para que voltássemos. Isso porque trabalhávamos sem documentos. Clandestinos. Ele era um amante da democracia que fugira de seu país ou conspirara com seu líder "histórico", para poder ficar longe um tempo, quem sabe assim as pessoas se esqueceriam de seus massacres. Ele nos reunia à força no palácio que comprara e transformara em sede, nos dava palestras, depois nos parabenizava por estarmos no exílio — como ele — em busca da liberdade, e por não suportarmos a repressão e o atraso em nossos países árabes.

E por buscarmos a liberdade e a democracia, e por sermos estrangeiros, quando um de nós estava precisando de algum documento de permanência, o valentão acompanhava o necessitado ao andar de baixo, onde ficava o escritório de investigação semissecreto. Um escritório de investigação de verdade, que tinha o direito de expulsar pessoas com um simples gesto dado ao valentão para acompanhar o sujeito a fim de juntar suas coisas em silêncio e sair pelo portão de ferro, sempre trancado a chave... Nós nos perguntávamos como os inspetores justificavam as mesas desocupadas, mas com as xícaras de café ainda quentes sobre elas? Chegávamos à conclusão de que o dinheiro calava as bocas, prorrogava os prazos, formulava as leis. Amargos, repetíamos um para o outro, a título de consolo, que essas eram as condições de sobrevivência na diáspora... e que éramos órfãos em nosso país e nossa família era pobre. Depois, prometíamos uns aos outros nos encontrarmos e procurarmos juntos por empregos.

É estranho, mas eu nunca fiquei chateado com o segurança valentão. Eu achava o sujeito, de certa forma, engraçado. Ríamos muito juntos, principalmente da diferença entre seu corpo forte e o meu, frágil. Ele gostava do jogo de medir força com homens que escrevem; certamente se perguntava para que servia a escrita diante da dureza do coração e dos músculos. Ele parecia uma criança gigante, tinha um pescoço largo sob um rosto de brinquedo, muitas vezes ele nos fazia lembrar de alguns parentes que estão em nossas aldeias, que se vangloriavam de levantar pesos, botar os touros de joelhos e até mesmo de arrastar veículos... Passávamos o tempo conversando, mas nunca perguntei sobre suas atividades no jornal. Foi sorte minha ele não me acompanhar até o portão...

Eu, o falido em último grau, por acaso me opus? Por acaso, deixei o trabalho? Eu caminhava como um burro que conduzia o próprio cabresto. Até que, certa manhã, ficamos esperando como os trabalhadores itinerantes. Apertamos a campainha várias vezes olhando para a câmera em cima do portão, esperando que o atraso não fosse descontado. O portão permaneceu fechado e ninguém nos atendeu. Esperamos muito, e quando a pacata rua ficou congestionada por nós, ouvimos uma voz pelo alto-falante: "Voltem para casa, hoje não tem trabalho". Isso se repetiu por vários dias, até que perdemos a esperança. Nenhum de nós ficou bravo ou com vontade de se vingar do líder militar, o ladrão das riquezas do seu país, o traficante, o amante da democracia que palestrava para nós com um enorme prazer, depois distribuía doces. Saímos para procurar trabalho — parecido, é claro, com aquele do qual fomos expulsos — que nos sustentasse nem que fosse por alguns meses, e, em razão disso, devíamos permanecer totalmente calados e parecer obedientes e satisfeitos. Quem não tem contrato de trabalho não pode se queixar...

O mercado secou depois de aventuras desse tipo; ou digamos que o dinheiro migrou para outros setores. As opções passaram, gradativamente, a ser a cocaína ou os islâmicos. E, por eu ser um covarde, aliás, extremamente covarde, me vi mais inclinado a escolher a primeira opção. Fui ao café Le National várias vezes; me ofereci para carregar malas, mas ninguém me deu emprego. Continuei insistindo nos cafés. Nunca procurei os islâmicos, pois era impossível segui-los e seguir com eles. Se falhei com os traficantes, como iria...

Depois, quando passou pela minha cabeça renovar meu passaporte, descobri, estupefato, que eu era *persona non grata*. Ficaram com meu passaporte. Eu disse: "Pois fiquem com ele!" Não faz mal, eu nem o queria de volta, queria renovar minha permanência, ou talvez mudar para uma cidade árabe qualquer, para Beirute, por exemplo, ou Amã... Depois comecei a pensar como iria viver aqui sem documentos. Um imigrante ilegal não consegue trabalho, impossível...

Eu fui classificado como "opositor" depois que um jornal francês publicou um artigo traduzido do árabe por mim. Eu traduzi, mas não escrevi o artigo, e foi em troca de um valor bem baixo. Pensei comigo mesmo, então, que já que as coisas eram assim, por que não procurar os opositores? Talvez encontrasse, entre eles, alguém na mesma situação, talvez eles pudessem me ajudar de alguma forma; eles têm meios, caminhos e conhecidos. Mas nenhum deles foi com a minha cara. Apesar das divergências que tinham entre si, concordaram que eu era "suspeito" e aproveitador, e que deveria ficar sob vigilância até que fosse comprovado o que eles viriam a considerar "eficiência e qualificações".

Que mais?

Que, além disso, sou retrógrado, agressivo e violento, e, ainda por cima, viciado. As minhas fantasias sexuais mais belas começam por jogar você nos braços de outro homem, completamente nua, sob ou sobre ele, talvez para tratar o meu ciúme. Gosto de te ver como as outras mulheres, com um corpo saudável que transpira desejo, passando por várias mãos e bocas, fazendo com que sua carne se ilumine e se abra. Igual à minha vizinha, a mulher do padeiro que ri e se contorce quando a faço sentir dor e bato nela, e que se apressa para comer logo após o gozo. Não há nada mais belo e mais útil que os lugares públicos, onde os seres humanos compartilham aquilo que convencionaram há séculos, sem individualismo ou...

Fora isso, sinto saudades de você.

Aqui estou, alucinando outra vez. Toda cocaína do mercado está batizada. Exceto a cara. Tudo está misturado com paracetamol. Em vez de me deixar eriçado como um galo, retira do meu cérebro o que resta de oxigênio.

Mas por que estou te contando tudo isso?

Ah, para dizer como fiquei quebrado, falido e sem documentos. Isso não muda em nada minha relação com você. Eu não estou escrevendo agora para te ter de volta. Talvez ela seja, essa carta, minhas últimas palavras. Eu não tenho ilusões. Preciso encontrar uma mulher de idade um pouco avançada, viúva ou algo parecido, que me aceite como marido para eu conseguir, primeiro, os documentos de permanência e, depois, quem sabe, os de naturalização.

Juro por Deus que a maioria dos meus dias passa em vão, em vão e à toa.

Esqueça o que escrevi nesta carta. Eu só quis conversar e prolongar o tempo com você porque estou com saudade. Às vezes, as coisas se embaralham a ponto de eu desconfiar que, em alguns desses meus escritos, tenha me referido a outra mulher ou outro homem que eu imaginava ser meu gêmeo ou algo assim. Esqueça o que escrevi, eu mesmo já esqueci... é a cocaína.

Se você viesse agora...

Se você viesse agora, poderíamos, juntos, esquecer tudo. Eu diria: "Fique ao meu lado, perto da janela, e vamos olhar pelo vidro essa noite linda, a cidade que se espreguiça sob suas luzes e vai se entregando ao sono. Chegue mais perto e deixe meu ombro tocar o seu, como se fôssemos dois irmãos pequenos que, escondidos dos pais, assistem à noite. Diga, o que você vê? Não deixe a obsessão te torturar, você não verá nada além dessa noite, não há nada além dela, nem acima nem abaixo. Isso é tudo. Tire os sapatos, para que seus belos pés descansem. Não se preocupe com o tempo. Fique à vontade. Eu ficarei de pé ao seu lado. Não farei nenhum movimento que possa te acordar se, por acaso, você se virar para perto de mim e adormecer um pouco. Ficarei de pé até me decompor nesse lugar e até meus ossos se romperem..."

Mas espere um pouco. Já volto.

Faz tempo que esse homem do prédio da frente me observa.

Ele não "parece" com aquele bigodudo... É ele! Um dos homens do serviço de inteligência. Nada tem a ver com o consumo ou tráfico de cocaína. Além do mais, não sou traficante nem usuário do tipo que exija vigilância desde um quarto de hotel alugado há dias ou, talvez, semanas. Ele é um agente da inteligência enviado por quem recusou renovar meu passaporte no consulado. Isso é patético! Patético e assustador. Talvez seja uma oportunidade para eu explicar a situação e conversarmos pessoalmente, cara a cara.

Já volto.

Foi por obra da tirania. Ou, melhor dizendo, do sultão do sono.

Eu, que nunca soube esperar, não precisava resistir a ele dessa vez, àquela sonolência que é impossível despistar do pensamento e dos membros, mesmo não encontrando, neste quarto, o que me distraísse, exceto seguir com os olhos os objetos, como se tivessem alguma importância ou significado. Quando não temos o que fazer, procuramos inconscientemente alguma conexão entre nós e os significados que os objetos possam ter, como que recuperando sua memória, como se os conhecêssemos, ou como se evocassem a lembrança de um lugar, de uma história... igual a esse puxador da porta do armário, que digo que parece com outro que eu via na casa da minha tia, no velho apartamento que ela abandonou durante a guerra.

Fito uma banda da porta do armário e sigo os veios da madeira até lacrimejar. Depois, passo para a gaveta da mesinha de cabeceira e hesito em abri-la. Sei que dentro dela há uma bíblia de folhas finas, como em todos os hotéis da Europa, e também uma lista antiga de telefones que ninguém mais usa — talvez tenha sido esquecida pelo pessoal da limpeza.

Quantos hóspedes passaram um tempo infinito meditando sobre os objetos desse quarto, além daquele que deixou sua carta dentro do guia do hotel, que também ninguém abre — afinal, para que um hotel pequeno precisa de um guia, ainda mais nos tempos do *smartphone*? Pode ser que os proprietários o tenham deixado ali como pretensão de nobreza. Com as velhas páginas carcomidas nas bordas, parece velho e, assim como a bíblia, foi esquecido.

A carta que encontrei dentro do guia me deixou muito intrigada. É sobre um jovem que a escreveu num quarto mobiliado barato, numa rua popular próxima. Mas como chegou até aqui? Além do mais, está incompleta, falta uma conclusão, o que é preocupante. Imagino que seu autor esteja na prisão. Por acreditar que agentes de seu país o estivessem observando, ele foi tirar satisfação com um deles e a coisa deve ter acabado mal. Assim, o homem não terminou a carta endereçada para a mulher que ele ama e que não... Eu acho que essa mulher escondeu a carta para evitar que os investigadores a encontrassem, já que seu autor confessava estar em situação ilegal e usar drogas, o suficiente para complicá-lo legalmente. Talvez seja ela, a mulher, a responsável pela chegada dessa carta a esse quarto de hotel. Não sei como. Ou talvez ela a tenha esquecido ou guardado e depois não se lembrava mais onde. De todo modo, o homem não voltou para completar a carta, e isso só pode significar que o encontro com o agente — ou com quem ele acreditava ser um agente — tenha terminado em desastre ou tragédia.

É provável também que o agente do serviço de inteligência tenha alugado este quarto para observar o jovem, dono da carta, e tenha também ido ao local onde ele morava para procurar documentos e papéis; depois, teria esquecido a carta aqui porque não o interessava mais.

O vazio é senhor da imaginação e das conjecturas.

Enquanto eu lia a carta, sentia como se ouvisse sua voz, como se visse aquele homem solitário de pé, atrás da janela, os olhos fixos no vazio da noite, sozinho sem ela, a mulher que ele amava, ou não... A carta se parece muito com uma carta de despedida e não sei se ele realmente pretendia enviá-la, já que não a terminou.

Estou mais inclinada a pensar que o agente do serviço de inteligência foi quem pegou e escondeu a carta, esquecendo-a lá, quero dizer, aqui, neste quarto de hotel que realmente tem vista para um bairro infame, com edifícios decadentes, cheios de apartamentos mobiliados.

Mas por que estou lhe dizendo tudo isso? Para me distrair um pouco enquanto espero e porque a solidão desse homem, o autor da carta, se parece muito com a minha, mesmo que sua história não tenha nada em comum com a minha vida. Senti sua queixa como se eu fosse uma velha amiga, ou eu mesma, a mulher com quem ele falava, talvez em razão do que eu gostaria de ter dito a ele e do desejo de tomá-lo em meus braços. Que estranho! Eu não gosto dela, essa mulher, e se eu a encontrar um dia — eventualidade divertida, claro —, vou repreendê-la fortemente. E por não gostar dela, minha imaginação me leva a suspeitar que tenha roubado a carta e escondido aqui, fora do alcance dos inspetores propensos a irem à casa dessa mulher no caso de ela ter matado o autor — não o agente do serviço de inteligência — ou talvez o marido que, ao descobrir seu relacionamento, teria enviado supostamente um assassino de aluguel que o homem assassinado supôs ser um oficial da inteligência de seu país.

Isso mesmo, eu sou incorrigível, oscilo facilmente entre minha imaginação fértil, quero dizer, minhas fantasias, e a realidade. Confundo muito o que é real e o que é ilusão. Mas isso não me preocupa. Ao contrário, me distrai. Igual a quando tenho um sonho numa noite e passo todo o dia seguinte — ou talvez mais — revivendo seus detalhes. Digamos que um amigo morto venha me visitar num sonho. Ele me faz companhia por vários dias, sem me confundir sobre sua vida e sua morte, ou seja, sem que eu esqueça que está morto. Sua presença ao meu lado me conforta apesar dessa certeza, pois não é acompanhada por nenhuma tristeza, nenhum sentimento de luto. É como se ele me visitasse porque senti saudades ou porque ele sentiu minha falta. Vem livre do sofrimento associado à sua morte, que me fez ver seu corpo se deteriorando no túmulo: o inchaço da carne, a proliferação de vermes e tudo mais!

Mas o que me leva a escrever para você essas coisas que poderiam assustá-lo ou levá-lo a pensar que sou ligeiramente "instável"? Acho que foi a carta daquele homem que me arrastou para essas histórias.

Estou escrevendo para preencher a minha espera. Eu não sei como se comportam as pessoas que esperam.

Eu só queria lhe contar como eu não espero. Quer dizer, mesmo quando estou no dentista, esperando, eu caio no sono, durmo mesmo.

Antes, eu não era assim. Perdia a paciência e me irritava quando alguém se atrasava para um compromisso comigo e começava a empilhar na minha cabeça as palavras de repreensão ou de raiva. De um tempo para cá, passei a esquecer quem eu espero e o motivo pelo qual espero. Minhas pálpebras ficam pesadas. Se eu estiver, por exemplo, num café, enfio a cabeça entre os ombros e começo a descer, a afundar na cadeira; coloco minha bolsa sobre a barriga, como quem se cobre, e durmo. Não é um sono profundo como o da noite, não. É um adormecer para dentro que suprime completamente a luz do dia; muito parecido com um estado de embriaguez aguda.

Eu vou tagarelar para distraí-lo porque você vai perguntar se fiquei entediada enquanto o esperava e, encabulado, vai me pedir desculpas por seu atraso, decorrente das tempestades de neve, pois é o que vai lhe ocorrer dizer quando entrar no quarto, colocar os olhos em mim e me ver assim, sozinha, velha e mudada, ou seja, depois de todos esses anos, ao mesmo tempo que estarei me perguntando de onde vou tirar o que falar e de que modo.

Quem espera sabe, nem que seja minimante, algo a respeito da pessoa ou da coisa que espera. Pensa nela e se distrai. Não é que eu não saiba nada de você, mas o que sei é muito pouco, antigo e não está bem fixado na minha mente. E, então, quando eu penso em você, me perco entre minhas memórias e as imagens que invento. Isso me irrita ligeiramente e não me diverte. Você pode achar estranho, mas vou ser franca, passei a me entreter apenas quando estou só. Mesmo quando saio, escolho uma música de que gosto para fingir que estou ficando um pouco mais sozinha em casa, de modo que, ao voltar, ouço a música do lado de fora, e posso dizer a mim mesma, enquanto giro a chave na fechadura: "É a mesma música, 'minha' música". Durante minha ausência, ninguém entrou para agitar o ar da sala, então eu continuei sozinha em casa e não fiquei entediada. Pouco a pouco, dia após dia, a solidão passou a ser um luxo total, uma riqueza considerável. A solidão num ar que eu respiro sozinha. Chego ao ponto de ficar eletrificada, como se uma cobra me picasse, gritando de dor e raiva, quando alguém me toca ou, sem querer, esbarra em mim ou em algum objeto meu na rua, no ônibus ou no elevador. Quando, por exemplo, alguém tropeça e agarra meu braço para não cair, sabendo que minha reação é doentia, eu respiro fundo, sorrio e aceito as desculpas com um coração magnânimo, enquanto tento esconder o suor que escorre em mim, a aceleração do meu pulso e também a palidez da minha pele. Deve existir muita gente que, como eu, sofre do contato com o corpo dos outros, mas se comporta com delicadeza, sem demonstrar aversão. Muitos são parecidos comigo, procuram nos restaurantes as impressões digitais nos pratos limpos e nos copos, não porque são obcecados por higiene, mas para se certificarem da ausência de vestígio de qualquer presença anterior.

Mesmo assim, a carta que eu acabei de encontrar, no guia do hotel, não me fez sentir outra presença além da minha, nem que alguém tivesse estado aqui antes de mim. Os quartos de hotel são continuamente habitados pela presença daqueles que os ocuparam. Todo novo hóspede entra apreensivo, como se fosse encontrar traços de quem o antecedeu, mas eu achei este quarto vazio, como se o homem que deixou a carta fosse uma pessoa familiar e que eu reconheci pelo simples toque no papel mesmo que a carta tenha sido escrita numa língua estrangeira complicada, com certas palavras difíceis de entender, tanto que precisei reler várias vezes, sem mencionar sua péssima caligrafia — algumas letras se enrolavam sobre si parecendo insetos mortos.

Mas por que estou falando novamente sobre essa carta?

Talvez porque tenha começado a andar pelo quarto como ele fazia no quarto dele, na "casa" dele. Vou até a janela como se caminhássemos juntos. Abro a cortina para assistirmos a chuva cair. Quase falo com ele em voz alta, como se não me faltasse mais nada além de conversar com fantasmas! Talvez tenha sido de propósito que soltei a minha voz para cobrir o barulho da chuva que cai sem parar, desde que eu deixei o aeroporto, e encheu minha cabeça de ruído. Foi essa chuva que derreteu a neve antes da minha chegada à cidade! Ou talvez nem tenha nevado, eu que confundi este lugar com o Canadá, ou inventei a neve na minha vinda do aeroporto, tudo para me convencer de que você não virá do Canadá, onde as tempestades de neve impediriam o tráfego aéreo.

Então, me tornei isso. Como eu já disse a você, me alegro quando as coisas ficam confusas na minha cabeça ou, para ser sincera, quando eu mesma as embaralho. Foi nessa confusão que marquei com você um encontro neste pequeno hotel e, ao mesmo tempo que continuo repetindo para mim que é impossível que você venha, ainda assim, estou aqui esperando. Acho que isso tem a ver com a idade, pois passei boa parte da vida empurrando as coisas na direção da lógica estabelecida, antes de ficar exausta e parar de me mover na direção da lógica dos outros. Desde que parei de menstruar, ou, mais precisamente, desde a morte do meu pai, me surpreendi com um buraco aberto na parede da minha alma, por onde entra um frio gelado, mas que ao mesmo tempo me liberta das paredes surdas construídas ao meu redor, sem saber quem as construiu nem por quê. Foi de repente que descobri isso, quando comecei a ver o mundo se infiltrar em mim e quase me afogar.

Meu pai era a armadura que protegia meus membros de qualquer ameaça externa; um capacete mágico colocado em minha cabeça, que afastava de mim os pensamentos obscuros e letais. Mas, por isso e em razão do meu amor por ele, eu estava acorrentada. Eu me deixei ser tragada pelas profundezas, porém com uma armadura de aço e num traje de mergulho tão pesado quanto chumbo. Eu afundava, protegida. Afundava num poço sem fim, sem nada para me matar, nada para me salvar.

Após a morte do meu pai, me tornei livre na minha aversão, nos meus ressentimentos em relação a quem eu amava e que não merecia o meu amor. Era como se tivesse deixado para trás um mundo em que eu deslizava, contra a minha vontade, sobre os trilhos da segurança e dentro do vagão da bondade! Gastei metade da vida fazendo as pessoas que eu não amava mais continuarem a me amar e, agora, quero excluí-las dos meus dias.

Provavelmente foi com esse espírito que eu li a carta. O desejo de ir em direção à lógica de um homem desconhecido, me imaginando em outro lugar, um lugar diferente. Uma lógica egoísta, solta, livre e insubordinada, que não se importa com a aprovação dos outros, de moralistas ou grupos que se solidarizam em torno de princípios, leis e tradições. É uma lógica que forja suas próprias referências, sua força e sua fraqueza, seu sucesso e seu fracasso. De certo modo, a fraqueza pode se tornar uma grande fonte de força. Imagine uma mulher sendo abusada e estuprada continuamente, despossuída diariamente de sua alma, como aquela que matou o marido com a própria espingarda após décadas de casamento. Ela disse ao tribunal que não tinha remorso nenhum, que faria de novo sem hesitação e que, desde aquele momento, se incutiu em seu coração uma força que a levantaria do chão pelos poucos anos que ainda tinha de vida. Você descreveria isso como vingança, traição ou recuperação do direito fundamental de respirar?

O indivíduo livre não precisa necessariamente ser forte, ou o forte ser livre, como nos livros de história ou contos heroicos, constante, ousado e destemido, levado por uma onda de luz que guia as pessoas a seu redor. Meu vizinho, que se atirou do quinto andar depois de testemunhar seu filho ser degolado... o que ele tem a ver com as pessoas ou as coisas a seu redor, ou com o sermão do padre que o repreendia no caixão, dizendo que Cristo não gosta de suicídio, sendo que, de acordo com a narrativa, ele mesmo cometeu suicídio? Todo mundo, exceto o padre, sabe que Cristo se suicidou. Meu vizinho era um homem velho e doente, fraco, de corpo e espírito frágeis, mas decidiu ser livre voando do quinto andar. E eu poderia lhe contar, se você viesse, como decidi ser livre antes de voar para cá... Veremos.

Agora me lembro de que desliguei meu celular antes de sair de casa. Eu devia ter deixado ligado até o momento da decolagem do avião. Você talvez tenha tentado me avisar que ia se atrasar, ou que mudou de ideia e não viria mais. É plausível, apesar de ter sido você quem me procurou e se esforçou para me encontrar, como me contou, porque, embora eu tenha fechado minha conta no Facebook há muito tempo, você acabou me localizando através do Facebook de alguém. Vou ter de esclarecer isso se você vier! Claro, as pessoas sempre podem mudar de ideia, mas como saberei se esse é o caso? O recepcionista não me disse que alguém ligou. Será que as tempestades teriam prejudicado os canais de comunicação aí? É possível, pois, aqui, isso sempre acontece.

Um pouco antes da meia-noite, lembrei que não comi nada o dia inteiro. Antes mesmo que eu pedisse o jantar por telefone, o recepcionista me disse, se desculpando, sem sequer eu ter perguntado, que ninguém havia me ligado. Muito bem! Eu abri a porta e chamei o elevador com a intenção de ir para um bar ou restaurante, mas, só de me imaginar correndo na tempestade, sem guarda-chuva, fui varrida por uma súbita fadiga e uma sonolência parecida com paralisia. Me meti nua na cama aconchegante, minhas roupas ao alcance da mão caso você entrasse e eu ainda estivesse deitada. Rapidamente adormeci, mas acordei depois de apenas uma hora com dor nos joelhos e na região lombar. Não estava bem. Senti que ia ficar doente ou, talvez, já estivesse doente. Precisava voltar a dormir imediatamente, caso contrário estaria em péssimo estado quando você...

Ao amanhecer, eu estava bem. Pedi o café da manhã no quarto e devorei tudo que estava na bandeja. Abri a cortina pesada, continuava chovendo.

Mesmo estando de bom humor, eu não tenho nada para fazer.

Se você estivesse aqui, poderia assistir comigo àquele pardal que está pulando na chuva, lá embaixo, na rua vazia; pequeno pássaro sem bando para imitar nem interferir. Passarinho sozinho, tranquilo, numa cidade grande da qual ele nada vê. Talvez, por estar velho, não precise mais de ninguém, ainda que um pássaro nunca nos pareça velho ou ancião. Um pássaro, para nós, é sempre jovem, não envelhece. É estranho. Ninguém sabe dizer por que somos incapazes de conceber a ideia de que um pássaro fica idoso e a velhice o conduz para uma morte natural como todas as criaturas que chegam ao fim da sua existência.

Talvez seja porque jamais vimos, na vida, um pássaro velho; ou ele fazer algo que indique que esteja envelhecendo, como nós fazemos, por exemplo, quando paramos de apagar da agenda os nomes, os endereços e os números de telefone dos nossos amigos mortos; e mesmo se apagássemos, não seria para liberar espaço na página, já que anotamos os novos nomes e endereços em pedacinhos de papel ou folhas soltas, sem passá-los para a agenda. Não tememos que sejam perdidos, quero dizer, perdê-los não importa.

Uma vez, eu quis comprar uma cama nova para aliviar as fortes dores nas costas. Na loja de colchões, disse para o entusiasmado vendedor que não queria pagar por uma cama que mantivesse suas qualidades para além do período de garantia, nem mesmo durante o tal período, e muito menos até depois da minha morte; em outras palavras, não queria gastar uma fortuna em algo que ficaria novíssimo, enquanto que eu já estaria morta, esticada e rígida sobre ela feito uma tábua, a qual, como diria você, "continuaria a respirar sob meu cadáver". Em suma, disse que odiava aquela cama, que não a compraria em nenhuma circunstância e fui embora.

Era como se alguém, no momento em que é crucificado, ficasse se gabando da alta qualidade da madeira e dos pregos que não enferrujam. Isso acontece muito, no cotidiano, sem que notemos e, se por acaso notamos, ficamos sem saber como agir, como quando um amante destrói metodicamente a própria namorada porque ele a ama loucamente. Escutar um homem me prometer seu amor "para sempre" passou a me fazer mal. É algo que me aterroriza, porque não me deixa a menor possibilidade de mudar de ideia, ou de mudar simplesmente. É como receber uma sentença de prisão perpétua. O que vai acontecer se eu deixar de amá-lo "para sempre"? Que preço terei de pagar pela qualidade dos pregos com os quais seu amor me crucificará?

Riríamos muito se eu contasse a história da cama ou da cruz, porque você tem agora a minha idade ou até alguns anos a mais. Depois das boas risadas, recordaríamos talvez a quantidade de nêsperas que fomos capazes de comer enquanto caminhávamos pelas ruas e que continuamos a comer dentro do táxi que nos levou da Sahet Alburj[4] até a montanha — não me lembro mais qual —, para visitarmos um amigo seu e, quando chegamos, eu comecei a procurar uma lata de lixo ou uma vasilha para jogar a sacola plástica cheia de restos. Tudo que me lembro desse passeio é o quanto me cansei de tanto procurar a tal lixeira e das minhas mãos pegajosas grudando na sacola plástica. Não, não, eu me lembro de mais uma coisa: o doce sabor daquelas frutas.

Não há nenhuma relação entre essa doçura e o ato de lembrar. Não eram gostosas porque estão ligadas ao passado e ao tempo da juventude, no sentido de que a nostalgia embeleza as coisas que a gente não pode trazer de volta.

Nada na minha infância ou juventude evoca essa nostalgia parecida com uma prisão. Não estou aqui, neste quarto, para voltar para trás nem para vê-lo ou ver com você como eu era jovem ou o quanto a primavera era bonita e intensa no país. O país que já era, que caiu e quebrou como um grande vaso de vidro. Seria trágico, pura tristeza e grande amargura. Até porque vê-lo na idade em que está agora é, exatamente, o que impediria, de modo definitivo, minha imaginação de brincar com minha própria imagem e me faria vê-la claramente como ela é, de modo que você

---

4 Praça central de Beirute, também conhecida como Praça dos Mártires.

se tornaria meu espelho. Se eu não coloco meus óculos quando lavo o rosto ou pinto os olhos, não é por medo de ver minha imagem clara e nítida, mas porque eu sei que sou muito, mas muito mais bonita do que essa imagem, e que o reflexo preciso dos poros, das rugas e das camadas que tenho sob o queixo, tudo isso é apenas uma ilusão e um exagero, uma desnecessária e supérflua pretensão "científica". Porque quem vai chegar tão perto do meu rosto? E para quê? E com que propósito uma pessoa vai respirar na minha cara, olhando para mim com os olhos arregalados? A não ser talvez o dentista, mas ele só olha para a boca. De qualquer forma, o verdadeiro indicativo do avanço da idade não são as rugas, mas os dentes quando o privam do prazer de morder as nêsperas no táxi, fazendo o suco escapar para o queixo e depois manchar a roupa, e daí o problema deixa de ser apenas encontrar um lugar para jogar o lixo.

Em sua última carta, você menciona lembranças que compartilhamos. Eu triturei meu cérebro para voltar àquele passado, e nada encontrei. Tentei imaginar aquela casa misteriosa que teríamos visitado juntos e que você afirma pertencer a alguém da minha família. Nada. Nada. Por que eu o teria levado até um dos meus? Por que comemos espetinhos de churrasco na frente do açougue, estando minha casa a alguns metros do local? Que menina do interior agiria dessa forma se não fosse turista como você? É você quem inventa ou sou eu que apago? A menos que você tenha me confundido com outra garota que teria conhecido no país e depois se esqueceu. O que você diz sobre mim não se parece comigo, de jeito nenhum.

A menos que a memória das mulheres funcione de modo diferente da memória dos homens. Por exemplo, eu me lembro muito bem que uma vez estávamos sentados embaixo de uma árvore, você aproximou seu rosto do meu e eu pensei que ia me beijar, mas você não me beijou. Só porque eu não aproximei meus lábios? As garotas do nosso país não oferecem os lábios; talvez o façam no Canadá e, por isso, você deduziu que eu não estava a fim daquele tipo de beijo. Pode muito bem ter sido isso, já que até hoje, por mais que estivesse morrendo de vontade, eu não teria coragem de beijar um homem ao ar livre. Mas esse beijo, ou a falta dele, não é uma história ou evento para recordarmos juntos.

É por isso que será catastrófico se você não se lembrar daquele passeio que fizemos à montanha, me refiro ao passeio das nêsperas. Ficarei realmente decepcionada, porque eu não me lembro de outros passeios, nem de outras coisas que tivéssemos feito juntos e que tivessem sido tão alegres como esse, ou mesmo nada alegres. É possível que eu não me lembre de coisa alguma. Caberá então a você me contar, de novo, o que se lembra com mais detalhes, para me ajudar um pouco a encontrar algumas coisas para dizer, pois teremos de falar!

De qualquer modo, o ato de recordar depois dos cinquenta anos se torna fácil, porém, completamente inútil e desinteressante. Sua vida passada flui de modo estranho, sem que você precise se lembrar dela. As coisas distantes e esquecidas se fazem presentes por si mesmas: lugares, cheiros, rostos, detalhes sem nenhuma importância, como a fala, de anos atrás, de uma vizinha a respeito da eficiência de esfregar com limão e cinza os objetos de cobre, quando você não tinha sequer um potinho de cobre em casa! Esse tipo de coisa... Além disso, qual a utilidade desse tipo de lembrança, mesmo admitindo que o evento tivesse servido como lição, se já é tarde demais para aplicá-la? Ficou para trás.

É estranho, sim, muito estranho esse desejo louco que eu tenho de vê-lo. A propósito, raramente viajo. Os poucos países que visitei me decepcionaram. Sim, uma verdadeira decepção. Não porque o meu país fosse mais bonito, especialmente como está, ardendo no fogo das guerras, mas porque as promessas das agências de viagens são todas falsas. Elas mentem descaradamente para nós. Mostram imagens de lugares que não existem, são montagens de fotos melhoradas por Photoshop. Além disso, eu não tenho nenhum senso de direção, me perco facilmente e, quando ficou perdida, entro em pânico, esqueço de todos os marcos que tinha memorizado no caminho para não me perder na volta. Minha visão se fecha e o medo me cega. Não me atrevo a perguntar aos passantes como faço para voltar para o hotel — e, ainda por cima, admitindo que eu fale sua língua —, porque temo que esteja tão próxima que poderia despertar suspeitas, ou que eles comecem a me instruir utilizando sinais num mapa imaginário do qual não vou guardar nada.

E, apesar disso, faço esta viagem para encontrá-lo! Venho até aqui para vê-lo como se sentisse saudade de você. Mas, de fato, sinto saudade, e muita. Como você explica isso? A saudade é fruto do afastamento entre dois seres que viveram momentos felizes durante um período no qual fizeram coisas juntos e ficaram dias inteiros um ao lado do outro, para o bem e para o mal. Mas o que houve entre nós? O que sobrou do que tínhamos? E por que você viria? Estimulado por qual nostalgia daqueles poucos dias? Poderia me dizer quantos foram? Eu, pessoalmente, não tenho a menor ideia.

Ainda assim, quando evoco sua imagem, seu rosto olhando para o meu, bem perto, fico com o coração apertado. Estou falando, é claro, do rosto daquele jovem, no auge da vida, e que, de certa forma, poderia ser meu filho agora. Em um filme egípcio, esse sentimento se expressaria como uma espécie de premonição, pois, no decorrer dos eventos do filme, eu seria sua verdadeira mãe que o teria perdido, ou o paxá teria nos separado — há sempre nesses filmes um paxá perverso que priva as mães de seus filhos! —, tendo sido, desde o início, guiada pelo coração. Isso pode acontecer na vida real. Por que não? Eu gosto desses filmes sobre os quais você não sabe nada. Pois sou, ou melhor, nós somos, em nosso país, muito sentimentais. Se não me engano, você conhece a diva Umm-Kulthum, mas você não conhece Abdel-Halim.[5] Talvez eu lhe conte sobre minha paixão sem limites por Abdel-Halim e como essa paixão me destruiu. Mas não, não, é um assunto triste e angustiante, e não estamos aqui para fazer confissões trágicas. Resumindo, eu diria simplesmente que esse homem, Abdel-Halim, destruiu a minha vida. A coisa pode lhe parecer fútil ou uma farsa de uma mulher que quer parecer "original"...

Não, não, falaremos de coisas alegres. Talvez daqueles dias maravilhosos de primavera quando nos conhecemos, das ruas e praças nas quais caminhávamos, comíamos nêsperas, tomávamos sucos etc. Espero que você não me fale de seu trabalho, sua família ou seu país! Nem de como é sua vida agora. Acho que morrerei de tédio e não serei capaz de esconder minha decepção, especialmente se você me perguntar sobre meu trabalho, minha família e meu país. Isso seria muito decepcionante, para não dizer mortal, ou seja, tragicamente fatal para o nosso encontro prometido, porque eu acho que o propósito desse encontro é sabermos o mínimo possível um do outro e usarmos o mínimo possível de palavras sensatas, como aquelas trocadas entre estranhos, feito penas leves ao vento, que mal pousam para retomar seu voo e seu giro.

---

5 A egípcia Umm-Kulthum foi uma das maiores cantoras árabes do século XX. Abdel-Halim Hafez foi um famoso cantor egípcio, conhecido por suas canções românticas.

Vamos deixar Abdel-Halim de lado. Nós vamos encontrar muitos assuntos conhecidos por nós dois, a começar por essa música que toca constantemente nos corredores do hotel, no elevador, na recepção e até mesmo no banheiro, ambos conhecemos. Eles escolheram Chopin, o romântico, provavelmente para abrandar os corações dos amantes que se encontram aqui e incentivá-los a estender sua estadia. Chopin pode até nos levar ao cinema. Você provavelmente já assistiu a *O pianista*, com a Balada n. 1, Opus 23, e o oficial nazista que deixa o pianista viver porque seu coração fora invadido pela beleza. Mas vamos esquecer isso também... Você, do outro lado do globo, pode ter, sei lá, pontos de vista diferentes dos meus.

Qualquer coisa neste quarto pode ser um pretexto para uma conversa, uma conversa agradável. Você abriria, por exemplo, este pequeno frigobar, e eu lhe contaria como passo a noite diante da luz pálida da geladeira da minha cozinha, comendo tudo que tem ali, enquanto flutuo deliciosamente entre o despertar e o sono: um prazer não relacionado à fome ou à insônia e livre de qualquer sentimento de culpa. É uma tranquilidade e um torpor, serenidade primitiva que se assemelha à felicidade dos filhotes de animais. Depois eu volto para a cama com o estômago e o coração cheios. E você?

Outro exemplo: se você for ao banheiro, posso lhe perguntar se usa um xampu para lavar o cabelo semelhante ao da pequena amostra fornecida, feito de ervas e que preserva as secreções sebáceas do couro cabeludo sem que resseque o fio, tornando-o frágil a ponto de ficar com duas pontas, causando perda de brilho. Mas pode ser que você já esteja calvo, careca!

Mas eu vou parecer louca se continuar a falar assim.

O fato é que teremos de conversar, especialmente nos primeiros quinze minutos, apenas para não parecermos surpresos até a mudez com nossa aparência, e com o tanto que mudamos e envelhecemos. Pois os anos que nos separam daquela primavera são tantos, tantos que você não vai precisar de óculos para ver, por exemplo, que eu encolhi — se você ainda se lembrar da minha altura — e que estou com os ombros um pouco arqueados, em razão da maldita dor nas costas, causada pela pressão na parte inferior da coluna e em duas ou três vértebras cervicais. E como você não conheceu meu pai, não vai saber o quanto estou ficando parecida com ele. É claro que meu pai era homem, mas a idade me aproxima dele fisicamente, talvez até mesmo dos homens em geral. Quando tusso, é como se eu o ouvisse tossir, consigo ver meus lábios se inclinando ligeiramente para o lado esquerdo do meu rosto, como os dele. Até mesmo o jeito de me deitar na cama e de dormir, e o formato dos dedos dos pés. Eu acho que perdi muitos hormônios femininos e que cheguei à encruzilhada onde a masculinidade entra em nossa constituição antes de tomarmos, homens e mulheres, o caminho para a uniformidade. E quanto a você? Não teria hoje dois peitinhos?

Vou dar um jeito, se você vier, de não estar de pé quando você entrar, vou ficar sentada na beira da cama ou na cadeira onde estou escrevendo agora. Assim, minha posição ficará muito melhor do que a sua, já que você estará totalmente descoberto e com medo do meu olhar. Mas não estamos numa competição. E não estamos com medo um do outro. Provavelmente a leitura da carta que eu encontrei aqui me deu essa ideia. Seu autor apaixonado me parece jovem ainda, ou pelo menos mais jovem do que nós. É verdade que o amor não tem nada a ver com a idade, embora, pessoalmente, não esteja convencida disso. É claro que tem uma relação. Por exemplo, assumindo que eu esteja apaixonada por você ou, de certa forma, que você esteja apaixonado por mim o bastante para viajar metade do globo de avião e vir parar neste quarto, isso significaria que estamos suficientemente apaixonados um pelo outro para dormirmos juntos. É aqui que muitas coisas pequenas serão reveladas e acabarão por mitigar o "fogo" desse amor. Pois vamos rapidamente perceber que, em razão das minhas dores nas costas, eu não conseguiria me arquear embaixo de você de uma forma propícia à penetração, ou que você mesmo não é flexível o bastante para se colocar nessa posição complicada. E se cansarmos das várias tentativas, eu vou lhe contar francamente sobre a minha falta de desejo e propor que façamos outra coisa mais divertida. Mas o quê?

Pergunta embaraçosa! Talvez você até tenha sentido este constrangimento antes de mim, quero dizer, antes de pegar o avião, ou logo após ter reservado e comprado a passagem e ter escrito para mim sobre a hora da sua chegada, a companhia aérea etc. E por falar em reserva, acho que vou adiar o meu retorno dois ou três dias, não para lhe dar mais tempo, pois sei que você não virá, já que não me enviou um e-mail nem me ligou no hotel. Não, eu vou ficar mais alguns dias porque gostei deste quarto e porque a chuva não para de cair e eu não quero sair na chuva, quero esperar para caminhar um pouco pela cidade. E porque tenho tempo.

E porque, devo acrescentar, estou interessada nesse passarinho que continua pulando no mesmo lugar e que quando vou até a janela para observá-lo, vira a cabeça para o hotel.

Não, não vou ficar aqui para olhar um pássaro, mas porque algo me diz que o autor da carta vai voltar. Eu pedi ao jovem gentil da recepção para avisar que estou aqui. É verdade que, só de olhar para as folhas de papel, dá para dizer que é uma carta antiga, e não contém nenhuma pista que me ajude a encontrar seu autor; mesmo assim, vou tentar. Talvez eu o encontre em Paris, num daqueles cafés onde os jovens árabes, errantes e sempre fugindo de alguma coisa, costumam se reunir. Isso não seria muito difícil, até porque não vou voltar para minha casa. Impossível. E eu não tenho nada para fazer, ninguém para encontrar. E já que você não virá, eu vou riscar o Canadá da lista de países que eu tinha marcado como lugares possíveis para...

Eu o encontrarei, isso é certo, ou pelo menos uma pista dele, em Paris. Saberei se ele voltou para seu país após a revolução que ocorreu lá, depois de ter recuperado seu passaporte. As pessoas não desaparecem assim, não assim, como o sal na água. E quando o encontrar, eu vou...

Querida mãe,

Escrevo para você do aeroporto antes que me levem e antes de passar pela segurança. Eles observam todos os movimentos por medo de terroristas. Desde o portão da entrada principal, vão rondando todos os cantos, vestidos à paisana. Mas eu tomei minhas precauções, vou agir como se estivesse esperando um passageiro, pois não estou carregando mala e deixei a jaqueta aberta para mostrar que não visto um colete com explosivos.

Querida mãe,
Não sei se minha carta vai chegar até você. Nem sei quanto tempo posso ficar aqui. Eu não sei. Comprei um jornal para fingir que estou lendo. Olho mil vezes para o relógio e me aproximo dos painéis eletrônicos que mostram os horários do pouso dos aviões e depois volto a me

sentar. Dessa forma, aqueles que me observam pensarão que o avião da pessoa que eu estou esperando está atrasado, daí me deixam em paz.

Eu não tenho muita coisa com que me ocupar neste limbo entre as pessoas que chegam e saem sem demora, as que acenam se despedindo e as que vêm receber alguém checando a hora em seus relógios, acompanhando o painel dos horários de chegada dos aviões; essas também não demoram, pois, logo que reconhecem o passageiro aguardado, se dirigem a um dos portões de saída. Eu me distraio um pouco olhando para o rosto das pessoas de diferentes etnias; observo a maneira com a qual se despedem de seus entes queridos ou amigos, cada um de acordo com a sua cor de pele, sua origem e crença. Eu consigo, só pela aparência, adivinhar como elas vão se comportar. Digo para mim mesmo: esta mulher é sudanesa e vai chorar quando o jovem que está a seu lado, de olhos baixos — seu filho —, partir em direção à sala de embarque. Aquela moça loira e gorda, que se agita impacientemente, vai saltar de alegria nos braços de quem ela está esperando.

Isso não significa que escrevo apenas para parecer ocupado. Não. Eu quero contar o que aconteceu comigo antes que você saiba pelos outros. Acredite em mim, mãe, como sempre fez. Não, nem sempre, mas na verdade só tenho você. E sei que não será capaz de me defender, sei disso. Bom, ninguém será. Com esta carta, você vai ao menos saber quão querida é a meu coração e que, neste momento difícil, eu estou pensando em você. É o mínimo que posso fazer! Talvez seja a única maneira de pedir desculpas, mesmo sabendo que você jamais me perdoará. Não me perdoou desde que eles vieram me prender em casa, da primeira vez. Antes de me levarem me espancando, eu disse a você que era um simples caso de haxixe e que não tinha motivo para ficar com medo. Você não acreditou. Não acreditou em mim e cuspiu na minha cara. Talvez apenas quisesse fazê-los entender que eu era um menino bom, bem criado e bem educado pelos pais, que só estavam cuspindo em mim porque são bons cidadãos e confiam nos soldados. Por isso eu posso dizer, agora, que não fiquei magoado com a cuspida. Na verdade, ela é minha melhor recordação, comparada a tudo que veio depois... Você não pode imaginar o que me aconteceu.

Eu deveria ter escutado você. Deveria ter baixado minha cabeça e obedecido, sempre. Ainda não sei se os golpes contínuos das surras que o pai me dava, com o cinto de couro ou com a vara, foram benéficos ou se, ao contrário, acumularam uma espécie de raiva dentro de mim. Não só raiva. Eram uma humilhação constante para a qual, até agora, não encontro justificativa. Mesmo hoje, meu corpo ainda dói porque eu era pequeno e inocente na época. Nunca fiz nada para merecer aquilo. Sempre me batia na frente das pessoas, me arrastava para fora de casa para que todos soubessem que estava educando o filho e que ele podia ser pobre, mas era respeitável e cuidava da família.

Agora, já não é mais tempo de mágoa, nem mesmo em relação a você, que nunca me protegeu dele. Por quê? Porque ele teria batido em você também? Sim, eu sei. E isso teria redobrado sua raiva? Também sei. Mesmo assim, muitas mães se colocam no meio, cobrem o filho para protegê-lo, recebendo os golpes no seu lugar. Mas você não.

Você lavava minha cabeça e dizia: "Ele tem razão, está certo, quer fazer de você um homem; um homem virtuoso, ele quer se orgulhar de você".

Quando meu pai me batia era com vontade e convicção, como se quisesse me preparar para todos os tipos de golpe que estariam por vir. Graças a Deus! Porque, de fato, ele acabou endurecendo minha pele e meus ossos, diminuindo minha sensibilidade à dor. Eu conseguia contrair meus nervos antecipando a dureza do golpe. Eu entendi a importância de antecipar a dor quando comecei a frequentar o clube. O Clube! Era assim que o chamávamos, mesmo que de clube não tivesse nada, além de um saco de terra com o qual treinávamos, batendo nele, com os punhos quase sem proteção, envoltos apenas por borracha das câmaras de pneus que o tenente trazia para nós e cortava em tiras. O boxe servia também para nos educar e afastar os pensamentos destrutivos da nossa mente, livrando a cabeça das imagens do corpo das mulheres, aquelas imagens obscenas que nos levavam à masturbação. Esse hábito horrível, se não causasse danos à visão, sugava a energia dos músculos e enfraquecia nosso ânimo combativo, aniquilando nossa fé nos grandes ideais.

Mas por que estou voltando a esses fatos? É porque tenho muito tempo para passar aqui sem saber o que fazer e me dá vontade de falar com você, que não me vê há muitos anos nem sabe nada de mim desde que saí, ou melhor, desde que me arrastaram de casa pela primeira vez, e depois, quando passei pela casa voando e não fiquei. Devo deixar claro que foi uma mulher que estava por aqui quem me deu a ideia de escrever esta carta.

Uma mulher de meia-idade ou um pouco mais. Ela estava de pé, ao lado da lata de lixo grande. Notei seu desconforto quando eu estava observando as pessoas. Ela olhou em volta, depois se sentou, tirou da bolsa umas folhas dobradas de papel, abriu e começou a ler. Depois, ficou pensativa por um bom tempo. De repente, rasgou as folhas, jogou no lixo e caminhou apressada em direção aos portões de embarque.

Esperei um pouco e, então, fui jogar meu jornal naquela lixeira, para pegar as folhas atiradas pela mulher, junto com o jornal, como se eu tivesse mudado de ideia, quero dizer, no caso de alguém estar me observando. Não voltei logo para me sentar, passei um bom tempo de pé na frente do painel de chegadas. São comportamentos que aprendi direitinho num dado momento da vida. Um dia, tudo tem sua utilidade! Então, de repente, me surpreendi com a volta da mulher à lixeira, procurando as folhas que tinha jogado fora, o que aguçou ainda mais minha curiosidade de saber o que continham, tanto que ela pareceu ter ficado muito aflita quando não encontrou os papéis. Na verdade, era mais desorientação do que aflição, pois os funcionários da limpeza, que aquela senhora procurava agora com os olhos, não tinham recolhido o lixo ainda.

Mas o importante é que naquelas folhas que foram apenas rasgadas ao meio pela mulher, não havia, na verdade, nada de importante. Falava de uma mulher que esperou por um amigo, ou um antigo amante, e ficou decepcionada porque ele não chegou. Contudo, num momento de inspiração, eu decidi ficar com a carta, na qual ela menciona que iria procurar outro homem em Paris, tentar localizá-lo. Mas ela estava no terminal errado porque, nesta área do aeroporto, nenhuma companhia aérea voa para Paris.

Estranho! Além do mais, se não houvesse na história algo a esconder, por que ela voltaria para recuperar a carta? Esta mulher que diz, ou melhor, escreve, que era impossível retornar ao seu país. Pelo que escreveu, tenho a impressão de que o país dela é o Líbano. Mas, novamente, há um mistério: nenhuma companhia aérea neste terminal oferece voos para Beirute! Eu sei disso muito bem de tanto olhar para o painel de partidas e chegadas. Isso me deu a ideia de tirar vantagem da carta, no caso de eles terem seguido meus rastros e me encontrarem aqui.

Mas pouco importa. Tudo o que quero dizer, mãe, é que sinto muito a sua falta. Já faz tanto tempo que não nos vemos, tanto tempo que duvido que você me reconheça. Mudei bastante. Estou muito magro, meus dentes caíram e fiquei careca. Talvez você diga que eu mereci tudo isso e me renegue porque me tornei filho do demônio! Você tem razão, mas, depois de tudo o que aconteceu comigo, de que serve eu pedir perdão? Sei que não vai me perdoar. Não tenho ilusões. Pelo menos, se esta carta chegar até você, saberá que ainda estou vivo e, apesar de todas as notícias de morte que caem sobre nossa cabeça feito pedras de argila endurecida, espero que esteja viva e tenha conseguido fugir na hora certa, por terra ou por mar. É por isso que estou escrevendo esta carta, mas sem saber para qual endereço enviar. Se a sorte sorrir para mim, levarei a carta comigo e procurarei por você e, se a encontrar, depositarei a carta em suas mãos, porque as palavras não vêm facilmente, menos ainda se estou querendo contar minha própria história. E se o destino quiser que eu pague pelo que fiz, caberá a você o perdão ou a punição. Você será meu anjo ou meu carrasco. Perdão não significa necessariamente esquecer ou apagar, mas, simplesmente, ter compaixão com um filho perdido que não sabe como os ventos furiosos o arrastaram a esse estado no qual se encontra.

    Minha querida mãe. Eu mudei muito, não sou mais aquele filho que você conhecia. Estou doente agora, doente de corpo e de alma, sem esperança de cura. Sonho apenas em poder escapar para não morrer na prisão, sim, fugir para morrer na vastidão, tremular como a chama de uma vela e morrer no espaço aberto, no imenso deserto de Deus. Depois, que Satanás receba minha alma doente e faça com ela o que bem entender.

Ninguém me disse por que os soldados vieram e me levaram de casa. Eles começaram a me bater, sem interrogatório nem investigação ou acusação. Me batiam e depois me deixavam no chão antes de me conduzirem a um pequeno quarto aonde voltavam para me arrastar e me espancar novamente. Depois, me jogaram dentro de um furgão e me levaram para uma prisão dizendo: "Seus amigos confessaram e confirmamos tudo com seus conhecidos". Eu disse: "Bom, já que falar é permitido, posso perguntar do que estou sendo acusado? E o que meus amigos contaram?" Pensaram que eu estava bancando o esperto. Semanas, meses se passaram, durante os quais variavam os métodos de interrogatório. Não tem como contar os detalhes agora para você, mas eles me quebraram. Urinavam e defecavam em mim. E quando eu estava nadando em urina e fezes, traziam dos banheiros baldes cheios de excrementos e jogavam em mim. Eu me tornei indiferente à dor, mas o medo que invadiu minha alma fez dos meus momentos de "descanso" um tormento sem fim. Não era medo da morte, pois nem mesmo o inferno poderia ser pior do que aquilo tudo que eu estava passando, não. Era um medo que eu não sabia de onde vinha e só sentia quando estava sozinho, tanto que comecei a preferir estar com eles, escutando suas piadas. Dizia a mim mesmo que, no fim das contas, eram humanos e tinham pais, talvez filhos... Isso, enquanto eu repetia que era inocente.

Esse medo, esse pavor, tomou conta de mim totalmente, me fez mergulhar em abismos escuros e me levou à beira da loucura quando eles começaram a me estuprar. A dor não era tão insuportável, exceto quando usavam garrafas ou cassetetes. O medo aumentava quando o estupro acontecia em meus sonhos, apenas em meus sonhos, como os repetidos pesadelos sobre a merda e as minhas inúteis tentativas de me livrar dela e da sujeira. Quero dizer, quando estava, no sonho, fora da prisão, em qualquer lugar, não conseguia mais distinguir a noite do dia, nem o que realmente estava acontecendo comigo e o que era pesadelo. O horror!

Eu disse: "Quero confessar. Eu realmente menti para vocês e fiz tudo do que me acusam". "Cabe a você provar sua sinceridade e seu arrependimento", disseram. "Vou provar para vocês", prometi. Eles retrucaram: "Neste caso, colabore conosco e faça o que mandamos. Estaremos de olho e saberemos".

Eu fui muito além do que eles esperavam de mim. Não foi fácil convencer esses caras de que eu havia me tornado empregado deles. Eram muito cautelosos e exageravam nas armadilhas, mas passei em todos os testes, provando que não mentia para eles e que não tinha o que esconder. Minha única preocupação era não voltar para aquele lugar.

Aos poucos, comecei a me deleitar com o poder que adquiri, saborear o prazer da minha incrível transformação, o fato de ter me tornado aquele que aterrorizava os outros, que se arrastavam aos meus pés como ratos atordoados me chamando de "senhor". Naquele tempo em que você me viu em casa, quero dizer, naquele período abençoado quando eu tinha me tornado um homem, um homem de verdade, orgulho para o pai que não precisava mais me corrigir, pois estava muito claro que o Estado já o tinha substituído nesse papel e fizera um bom trabalho, até que... até que, como você deve se lembrar, ele me expulsou de casa. As pessoas foram se queixar com ele: "Seu filho — que Deus o proteja! — sequestra nossos filhos e os tortura. Tudo o que queremos é que ele nos devolva nossos filhos. Podem até merecer o que ele faz com eles, mas só queremos saber onde estão e se ainda estão vivos. Que os deixe voltar para nós se já receberam a punição que ele considerou devida". Meu pai acreditou na palavra delas, sem me perguntar, e disse: "Saia da minha casa agora e não volte nunca mais", e quando levantou a mão para me bater, eu agarrei seu braço com a intenção de quebrá-lo, mas cuspi na sua cara e saí. Não tive nenhuma piedade dele. Eu senti que ele estava me enviando para o lugar onde acabei ficando; dispensado de questionar minha consciência e feliz no meu mundo de sombras.

Meu mundo! Esse mundo inferior me protegia, como um grande útero aconchegante, já que eu não tinha ninguém. Eu só queria ter aprendido mais, ter sido promovido, mas me contentei com o que tinha. Em todo caso, lá onde eu estava, aonde havia chegado, não podia mais recuar e ser neutro. Então, para que sofrer? Quem era eu para chamá-los de pervertidos e assassinos? Preferiria, por acaso, voltar para aquele inferno? Eu gostava de viver e não estava sozinho nessa vida, éramos mais do que os grãos de areia do deserto. Eu não conhecia todos os segredos e as informações, por isso era melhor para mim acreditar nas palavras e nos ensinamentos dos meus instrutores e chefes. Seriam todos eles ladrões e sádicos? Acho que não. Eu até tinha amigos entre eles. Comíamos, bebíamos e nos divertíamos juntos. Às vezes, chegávamos a trocar dicas sobre métodos de interrogação. A política não era minha especialidade. Eles a conheciam bem, tinham aparelhos e arquivos. Eles eram a fonte das nossas informações. Nós não confiávamos em ninguém que odiasse nosso país e nosso líder; odiá-los era odiar a nós mesmos. Na verdade, nossas práticas de tortura nos deixaram muito conscientes do que nos esperava se tivéssemos pena das pessoas, quero dizer, estaríamos no lugar delas. Aquele velho medo erradicou do meu coração toda forma de piedade. A crueldade era uma questão de sobrevivência e era melhor para nós não buscar a verdade dando ouvidos aos detentos, porque o preso sempre mente para salvar sua pele.

Pensar era inútil. Hesitar, mais inútil ainda, mesmo quando acontecia de irmos mais longe do que era exigido de nós, como foi o caso, certa vez, quando eu estava surrando um agente duplo e o cassetete voou das costas dele para a cabeça e... ele bateu as botas! O chefe me disse: "Coloca um número nele e desova longe daqui!"

Eu compreendi definitivamente que Deus estava ausente daquele mundo inferior, que Ele tinha deixado o comando em nossas mãos. Então, havia uma sabedoria nisso e eu acreditava que era Ele quem me dava essa força que tinha se tornado tirania, pois é Ele quem planeja tudo desde o início. O início de todas as coisas, mesmo que nossa mente estreita seja incapaz de abraçar seus vastos desígnios. É por isso que eu obedicia aos meus superiores. Aliás, eu era o tipo de pessoa que tratava de chegar à frente das ordens.

Eu não queria mais do que isso. Sem dúvida, eu teria preferido enviar mais dinheiro para você. Eu tinha essa intenção, mas fui surpreendido pelo tempo. Eu ainda carregava nos bolsos alguns itens roubados quando o mundo virou de cabeça para baixo. Os figurões desapareceram de repente e a população caiu sobre nós em nossos postos. Os protestos dos ateus depravados e dos patifes se transformaram em rios humanos. Ainda não sei como consegui escapar das mãos que caíam sobre mim por todos os lados, com golpes de punho, de paus e pedras. Eu fugi.

Fugi sem ter para onde ir. Vaguei por longos dias e noites, ensanguentado. Num subúrbio, uma mulher me lavou na água do rio. Perguntou se eu era um dos que fugiram das prisões e eu disse que sim. Quando seus filhos chegaram em casa, eu disse que fiquei preso num lugar que eu não sabia onde era, pois me levaram de olhos vendados. Contei a eles como fui torturado, em detalhes que eu bem conhecia. E, assim, me vi fazendo parte das fileiras da oposição. E de uma oposição à outra, fiquei sabendo que havia meios de escapar. Pensei comigo: seja qual for o custo e o perigo, eu vou embora. Em qualquer canto desse mundo de Deus estarei mais seguro e começarei uma vida nova.

Minha querida mãe, eu realmente comecei aqui uma vida nova. Aprendi em pouco tempo o que era preciso da língua do país. Depois, adentrei o labirinto dos documentos. Eu não tinha um tostão, já que tinha pagado uma grande soma para o contrabandista que nos jogou no mar, e o restante para aquele que nos guiou por terra. Andamos a pé por semanas. Eu segui todas as recomendações de indivíduos e instituições para conseguir os documentos. Durante minha última entrevista, das muitas junto aos centros de ajuda e de pedido de asilo, a funcionária tirou uma pequena pasta da gaveta de sua mesa, abriu e disse: "Há um compatriota seu que testemunhou contra você. Ele diz que o reconheceu no acampamento e o observou. Contou que você trabalhou no serviço de inteligência do regime e o torturou pessoalmente no porão de uma prisão". Eu neguei veementemente. Ela disse: "Muito bem, nós abriremos uma investigação".

Não voltei mais lá, nem para o acampamento, por medo de ser reconhecido. Dormi na rua com os afegãos e os etíopes. A Cruz Vermelha e alguns islâmicos nos traziam comida e cobertores. Mas eles me expulsaram por causa do álcool. Então comecei a frequentar a turma dos "amigos da garrafa", entre os quais também não passei muito tempo; bateram em mim e roubaram meu casaco no meio do inverno.

Agora, estou pensando em voltar. Quero dizer, neste momento, se a polícia me prender, a única coisa que vão me permitir fazer é regressar para casa, isso, se permitirem. Tudo que interessa a eles é se livrar de nós. Eu poderia comprar uma passagem aérea e arriscar cruzar a fronteira para, de lá, tentar descobrir uma nova maneira de escapar. Preciso encontrar rapidamente alguém que me consiga documentos falsos. Em todo caso, não posso ficar aqui, nem neste país nem no aeroporto. Mas, por enquanto, parece que ainda tenho tempo de continuar minha carta...

Naquele dia, fazia frio e chovia. Era uma chuva fina que não parava e a umidade se infiltrava nos ossos. Eu me protegia apoiando as costas na vitrine de um supermercado, conversando com um jovem que distribuía jornais publicitários gratuitos aos clientes que entravam e saíam da loja, em outras palavras, que mendigava. Francamente, ele me fazia rir com seus sonhos de ir para Hollywood, onde se tornaria um grande ator e me ajudaria e por aí vai. Pelo sotaque percebi que era da Europa Oriental. Perguntei de onde exatamente e ele me disse: "Da Albânia, sou um muçulmano como você. Aposto que você é árabe". Eu gostei, ou digamos, me tranquilizei com ele, afinal era um mendigo que vivia de seu esforço, não de relatórios de informantes, de furtos ou como cafetão.

Uma mulher sessentona loira saiu da loja, parou e procurou algumas moedas em sua bolsa para dar para ele. Ela me disse: "Você está molhado, como aguenta nesse frio? De que país você é?" "Ah! Que pena! Eu conheci seu país, gostei muito, estive lá várias vezes" etc. etc. Quando ela viu que eu não estava com vontade de falar sobre as maravilhas do meu país, ela me perguntou: "Onde vocês dois dormem? Há organizações que lidam com quem não tem... nesse frio terrível!" Depois de colocar as moedas no bolso, o albanês explicou que estava dormindo na casa de um amigo e que estava prestes a emigrar para os Estados Unidos. Ela me perguntou: "E você?" Quando eu virei a cabeça não querendo responder, ela se desculpou por se intrometer na minha vida e perguntou se queríamos que ela nos comprasse algo na loja — exceto álcool — e, em seguida, nos desejou um bom dia e foi embora.

Ela voltou na noite seguinte com um saco grande de plástico, começou a falar sobre o egoísmo odioso, a necessidade de pensar nos outros... Disse que qualquer ser humano poderia ser surpreendido por dias difíceis, ainda mais quando enfrenta guerras, terrorismo, êxodo etc. etc. Tirou de dentro da bolsa uma jaqueta acolchoada grande e me entregou, pedindo desculpas e implorando que eu aceitasse seu modesto presente. O albanês tinha me dado um cachecol comprido de lã. Assim que viu a jaqueta, imediatamente tirou o cachecol do meu pescoço e disse: "Bem, diga obrigado à senhora!" Eu coloquei a jaqueta. Ela parecia muito feliz e começou a me agradecer por aceitar seu presente, que descreveu como modesto, em vez de esperar de mim palavras de gratidão e de reconhecimento.

Eu desci com o albanês até a margem do rio para comer. Ele abriu os sacos e começou a espalhar seu conteúdo na grama. Toda vez que me sentia angustiado, eu ia até o rio para contemplar as águas, até que, pouco a pouco, minha alma se acalmava e eu chegava a sentir uma sonolência suave. Eu não sei por que quando estava em casa nunca fui à beira do rio para acalmar minha mente. É como se eu tivesse esquecido que nadava lá com os meninos da minha idade, nos deleitando com a única felicidade que estava disponível para nós, que comíamos ervas silvestres e ovos dos ninhos, como se as águas não fossem águas, como se esta infância não fosse minha...

Em seguida, o albanês embarcou num roteiro de um de seus filmes, dizendo que minha mãe tinha rezado por mim durante a *Laylat Alqadr*[6] — ou o equivalente a isso em seu vocabulário. Ele me disse que eu deveria sorrir para aquela mulher que tinha me dado a jaqueta, conversar e ser gentil com ela ou, pelo menos, responder às suas perguntas. Ele me garantiu, examinando a jaqueta, que era roupa de qualidade muito boa, uma marca cara usada apenas pelos ricos e que aquela mulher era rica com certeza, e que vivia sozinha, com certeza, e que ela tinha "gostado" de mim, com certeza. Começou a apostar comigo que ela voltaria, dizendo que conhecia muito bem as mulheres dessa idade que viviam sozinhas, infelizes em seu país tão diferente dos nossos, onde respeitamos e cuidamos dos idosos. Eu o deixei falar e rimos do amor dos idosos, lembrando do alerta do profeta Muhammad que disse que fornicar com os velhos encurta a vida, tanto que o repreendi dizendo que ela devia ter a idade da sua mãe. Ele parou de brincar e disse: "Que Deus a tenha! Não vamos falar das mães!"

Quando entrei na casa dela, tive a certeza de que Deus queria me ajudar, que foi Ele quem me enviou aquela mulher e Ele queria testar minha intenção de virar uma nova

---

[6] Segundo a fé muçulmana, refere-se à noite em que o Alcorão foi revelado ao profeta Muhammad. Acredita-se que, nessa noite, todas as súplicas são ouvidas.

página na minha vida. Ao contrário das previsões do albanês, a casa não era de gente rica, mas, para mim, o calor que tinha era o auge do luxo, sem mencionar a cama. E que cama!

Eu tinha de esquecer minha vida passada, com seu bem e seu mal, e realmente esqueci... Eu me deixava escorregar na banheira cheia de água quente, sem vontade de sair por nada desse mundo nem do outro. Aquela mulher providencial... eu beijava as mãos dela, fazia tudo o que ela pedia. Ajudava na limpeza, na arrumação da casa, a lavar e passar, e até mesmo a cozinhar; e, às vezes, eu a surpreendia com um prato típico da nossa terra. De vez em quando, ela perguntava sobre minha vida. Eu dizia que não pretendia recordar aquele passado assustador, pois queria esquecer meus sofrimentos. Começou então a tentar me ajudar a conseguir os documentos e não entendia minha recusa. Eu disse que não queria documentos e, depois, perguntei se ao me hospedar ela não estaria se arriscando. Ela me falou que a lei a proibia de abrigar imigrantes, especialmente sem documentos, mas que ela era uma mulher livre e fazia o que bem entendia. Por fim, me fez prometer não sair do apartamento, não abrir a porta para ninguém, deixar as cortinas fechadas e as luzes apagadas durante sua ausência, até encontrarmos uma solução.

Quando ela estava no trabalho, eu colocava o rádio na estação que transmitia em árabe como ela me mostrou, ou assistia à TV quando passava alguma luta de boxe, fisioculturismo ou um jogo de futebol. Isso me fazia lembrar do Clube, eu tentava adivinhar quem de lá teria me entregado, me esforçava para lembrar de alguma coisa que eu pudesse ter dito e que tivesse desagradado a alguém. Depois, me convencia de que era só despeito mesmo, certamente algum deles, por inveja do meu corpo bonito e da força dos meus golpes, acabou inventando algo para me entregar. Pode ter espalhado que eu insultei nosso líder e presidente, que eu era comunista ou da Irmandade Muçulmana. Cheguei a pensar que talvez tivesse exagerado em algumas palavras tentando me exibir, tudo para disfarçar a vergonha do jovem que apanhava do pai feito um menino, alegando que tinha opiniões e ideias, que sabia de coisas sobre o país que ninguém mais sabia, e assim por diante.

Eu poderia ter me tornado um boxeador famoso...

Não me arrependo de nada, até porque ainda me falta saber do que deveria me arrepender. Até agora eu não tinha a menor ideia. Eu não sei o que havia nas páginas de confissão e de arrependimento que eles nos fizeram assinar com nosso sangue. Além do mais, me arrepender de quê? Eu não tinha escolha. Talvez eu deva lamentar a exibição da minha força na frente dos presos, ou de ter delatado os filhos de uma boa família. Mas Deus sabe que eu era obrigado. Talvez Ele me diga que eu gostava e que tinha orgulho do que fazia. É verdade. Nesse caso, perguntarei a Ele: "O que me levou àquilo? E o senhor, por que me deixou fazer aquilo em vez de..."

Quando ela não estava em casa, às vezes eu ficava muito triste. Dizia a mim mesmo que minha vida não tinha sentido, que essa mulher logo me expulsaria porque tudo tem limite e eu não seria capaz de continuar mentindo indefinidamente sobre meus documentos.

Comecei a abrir armários e vasculhar as gavetas em sua ausência. Fiquei sabendo por alguns documentos que ela tinha uns cinquenta e cinco anos, em outras palavras, bem mais nova do que aparentava. Talvez pelas rugas no rosto e nas mãos, mas especialmente por conta do bigode que ela não depilava. Aliás, ela não removia nenhum pelo, nem das sobrancelhas, nem das axilas, nem das pernas. Começou a andar na minha frente com pouca roupa sem constrangimento. Eu dizia a mim mesmo que era seu jeito de se sentir livre no seu apartamento e que os estrangeiros são assim, eles não têm vergonha da nudez como nós. Eu sentia vergonha, mas ela não.

Ela começou a me contar sobre sua vida com um homem, o dono das roupas que ainda estavam no armário. Contou como ele a traiu, roubou seu dinheiro e foi embora. Uma vez, para demonstrar que eu estava interessado na sua história, perguntei por que ela mantinha as roupas guardadas depois de tudo o que ele tinha feito. Ela riu e me disse que tinha vivido com aquele homem os dias mais bonitos da sua vida, que ainda o amava e que ele acabaria voltando um dia, quando percebesse que ninguém no mundo o amaria como ela o amou. Contou que colocava as roupas dele regularmente ao sol, lavava e passava suas camisas brancas para evitar que ficassem amareladas. E quando perguntei como eu o reconheceria se ele viesse bater à porta, ela respondeu: "Não se preocupe, ele tem a chave!"

Depois desse dia, fiquei angustiado, não usava mais o agasalho que ela me deu, comecei a sentir no casaco o cheiro dele. Não me aproximei mais das suas roupas no armário e ficava apavorado assim que ouvia passos na escada. Pensei, no caso de ele voltar quando ela não estivesse, em dizer que eu era o novo inquilino, que não sabia nada da mulher, a antiga moradora do apartamento. Por fim, pediria que me entregasse a chave.

Eu sabia que minha sorte não duraria, que Deus não me concederia um prazo maior, que tudo terminaria assim, sem mais nem menos. Pois quem ou por qual motivo alguém se beneficiaria da minha punição? Eu não aguentava mais ficar sozinho no apartamento e, quando ela chegava, não conseguia esconder o estado de tensão em que me encontrava. Ela achava que era por conta dos documentos, e começou a me perguntar novamente o que eu ia fazer e o motivo pelo qual eu me recusava a cumprir os trâmites para conseguir os papéis. Até o momento em que ela me disse, uma noite, que tinha conhecido uma nova associação que trabalhava para diminuir os prazos de espera de aceitação (ou recusa!), e que lá me ajudariam a obter novos documentos para substituir os que eu tinha perdido durante a viagem, ou que tinham sido roubados, como eu fiz ela acreditar. Então, ela me disse com um sorriso largo que evidenciou mais ainda seu bigode: "Eu contei a eles sobre você". Aquilo me deixou louco. Minha tensão se transformou em pura raiva e amaldiçoei o dia em que essa mulher foi colocada no meu caminho. Comecei a xingar e gritar em árabe, enquanto ela continuava sorrindo, com um olhar compassivo que tinha um leve toque de reprovação. Naquela noite, tive uma ideia. Eu precisava fazer com que ela se apaixonasse por mim, a ponto de sequer pensar em me expulsar. Era essencial que se apegasse à minha presença na sua casa. A paixão é mais forte que a compaixão! E, também, que deixasse de esperar por seu amado bandido, de modo que, se ele pensasse em voltar para roubá-la de novo, ela mesma seria capaz de arrancar essa ideia da cabeça dele e me manteria ao seu lado.

Então, eu acordei a mulher, primeiro para me desculpar e, segundo, para confessar as verdadeiras razões da minha raiva. Fingi estar muito envergonhado, comecei então a explicar que tinha me apaixonado por ela e que quando a ouvi dizer que ainda amava aquele homem cujas roupas ela guardava, esperando a volta dele, eu percebi o quanto me importava com ela e senti ciúmes... Eu, a quem ela deu abrigo, tirou das ruas, de quem teve pena e impediu que morresse de fome e de frio. Disse que meus sentimentos sem esperança me envergonhavam, pois, se os confessasse a ela, podia parecer que estava me aproveitando do seu grande coração. Acrescentei choramingando: "Isso seria algo inaceitável, principalmente para um árabe".

Foi uma noite terrível! Aquela mulher me violentou, aberta e bestialmente. Assim que tentava me desprender dela um pouco, esperando que recuperasse seu juízo, ela duplicava a força me puxando pelo pescoço e pulando sobre mim feito um animal. Ela acreditou na minha representação e queria me livrar da vergonha e do constrangimento. Se atirava em cima de mim, dizia que me desejava loucamente há muito tempo, e que eu a tinha feito esquecer aquele homem cujas roupas jogaria na rua na manhã seguinte, e que estava feliz por eu ter me declarado para ela, pois me esperava com ansiedade, sem detectar em mim o menor sinal de sedução, de desejo ou amor. Ela falava e falava enquanto desabotoava minhas roupas à força, tirando minha cueca para tomar meu membro em sua boca e em suas mãos.

Meu Deus! Meu Deus, em que confusão eu me meti! Em que inferno diário acabei de me lançar com minhas próprias pernas! Quanto mais eu recusava, mais excitada e acesa ela ficava, e eu, mais repulsa sentia e mais enojado ficava de seu pálido corpo branco, flácido, enrugado e grisalho, de seu sorriso compassivo com bigode, de seus gestos de sedução que fariam uma garota de vinte anos corar, de suas calcinhas coloridas que comprava só para mim, de seus passos dançantes, contorcendo-se como "oriental" ao ritmo de uma música egípcia, de seus mimos, afagos, presentes, suas comidas, suas velas... Essa mulher que se tornou outra, me fazia pensar em suicídio, ou algo parecido.

Uma vez, eu lhe disse que o que estávamos fazendo era pecado. Ela respondeu que se casaria comigo logo que eu conseguisse acertar meus documentos, e acrescentou: "Por que não damos entrada na papelada já?"

Aqueles pesadelos voltaram!

Estou num lugar bonito, agradável, amplo e iluminado, numa festa ou algo assim. Fico com vontade de urinar ou defecar. Procuro. Acho um banheiro. Abro a porta. Me vejo num lugar com muitas portas, parecido com um hospital. Tudo é branco. Assim que encontro um canto onde posso fazer minhas necessidades, a porta é arrancada e o buraco transborda dejetos. Tento encontrar outro lugar, é ainda mais sujo. Então, pouco a pouco, tudo o que toco, do interruptor à parede na qual estou apoiado, tudo que mexo ou encosto deixa a minha roupa suja e manchada de merda. Enquanto isso, continuo procurando entre as inúmeras privadas alinhadas, ao longo dos muitos corredores estreitos, também manchados com merda, um pequeno canto, longe do olhar de homens e mulheres presos aqui como eu, onde possa aliviar a pressão dos meus intestinos.

Acordo e afasto o cobertor. Acendo a luz da cabeceira e procuro entre os lençóis as manchas molhadas e pegajosas. Tiro meu pijama e o inspeciono minuciosamente. Ensaboo minhas mãos várias vezes e suplico aos anjos que me ajudem. Preparo uma xícara de chá e fico perto da janela olhando para a noite. Permaneço ali por muito tempo, fixando o olhar na escuridão como se fosse um grande rio, cujas águas fluem e transbordam, até que minha mente se acalme. Eu só consigo voltar a dormir depois de chorar todo o meu sofrimento, me acabar de cansaço e de raiva. E quando a mulher, cujo sono é geralmente pesado, acorda, eu a afasto com força. Ela murmura: "São as lembranças da guerra, vou fazer você esquecer toda a dor", e volta a roncar com a consciência tranquila dos inocentes.

De manhã, passei a fingir que ainda dormia até ela sair de casa. À noite, quando ela chegava, me encontrava ocupado escrevendo, rabiscando qualquer coisa em árabe. Não a deixava me tocar, dizendo que estava escrevendo um livro sobre a guerra. Esse livro se tornou a grande desculpa: estou envolvido em pensamentos, memórias e segredos terríveis, imobilizado por cenas aterrorizantes e violentas que retornam e me impedem de fazer sexo. Aliás, me afastam completamente do mundo dos desejos. Era isso que eu dizia para me livrar dela.

O sossego, porém, não durou muito. Ela começou a dizer que escrever era bom, mas a cura estava em falar, como é recomendado pela psicologia pós-traumática no tratamento das pessoas que sofreram um choque. Por isso, eu deveria contar, me abrir, falar para exorcizar meu sofrimento; eu deveria trazer à tona meu íntimo, dando nome à dor e à angústia para que pudesse encontrar alívio. Era o que a mulher de bigode repetia até declarar que o amor, só o amor, podia curar todas as doenças da mesma forma que os milagres dos santos, e por esse motivo ela ia me amar sem limites.

O amor, então... Oh, Deus, misericórdia!

Eu escapei do apartamento para me encontrar com o albanês. Contei, resumidamente, o que estava acontecendo comigo e como era minha vida com aquela mulher velha e feia. Ele me repreendeu, com uma risada, por minha ingratidão, por ter me esquecido das noites de inverno, da fome, da vadiagem e das dores de apanhar. Ele me lembrou de quando eu vivia na rua e era comido pelo piolho e pela sarna. Por fim, questionou o que eu estava recusando e disse: "Feche os olhos e trepe com ela, faça sua imaginação funcionar, fantasie com as cenas dos filmes pornô. Você é um ingrato, pese as coisas na sua cabeça, homem! Faça o que quiser, mas esse é o meu conselho".

Fui vê-lo outra vez e disse: "Por que não a roubamos? Eu conheço cada canto e esconderijo do apartamento. Ela deixa o dinheiro, as joias e o ouro nas gavetas, sem trancar". "E por quê?", ele perguntou. "Parece que não falta nada a você, ou quer se vingar dela por pura maldade? Mas se vingar de quê? Você é doido. O que você ganharia? Além do mais, ela saberá que você é o ladrão ou o cúmplice, estando sempre ali no apartamento. E outra: por que eu me lançaria na boca do lobo, já que estou esperando os documentos de refugiado? Você é louco! Ande, vá embora! Fora da minha vista, não quero nunca mais ver você por aqui."

Comprei uma garrafa de uísque e voltei para a casa dela. Comecei a beber igual um sedento numa fonte de água pura. À noite, quando ela chegou em casa, gritou comigo como se eu fosse uma criança, porque saí e porque bebi. Ela arrancou a garrafa da minha mão e a esvaziou na pia, gritando: "O que você vai fazer agora? Olhe para sua barriga como está aumentando e acumulando gordura. Em vez de se exercitar, está voltando a beber. Isso não me interessa!" Fiquei com medo de que me expulsasse e comecei a dançar para mostrar que eu ainda era ágil, e para fazê-la rir.

Eu dizia a mim mesmo que aquela mulher não me conhecia nem um pouco, e como ela não tinha medo de mim, eu me convenci de que estava perdendo minha habilidade de meter medo nas pessoas; mas, pelo menos, ainda era capaz de engolir minha raiva. Só que o medo, às vezes, voltava, assim, de repente, como uma crise, uma convulsão epiléptica, borrando minha visão e instalando a confusão em todo meu corpo. Retornava ao meu medo original e, por cima dele, tinha o medo que eu costumava injetar nos olhos daqueles que eu torturei, como se fundisse meu medo ao deles, somando tudo num medo só, um corpo enorme que caminhava e colhia o que encontrava no caminho. Crescia e inflava.

Enquanto isso, a mulher de bigode me cobria com sua ternura e seu amor. Partilhava comigo sua preocupação com o meu livro. Ela me encorajava a assistir às notícias porque, como dizia, eu deveria me preocupar com os acontecimentos. E quando eu não fazia isso, ela resumia para mim o conteúdo do jornal em razão dos fatos que poderiam aparecer no meu livro. Assim, teria um livro da minha autoria, o que mudaria o olhar das autoridades em relação a mim e facilitaria as coisas de vários lados, no que se referia à obtenção dos documentos.

Minha querida mãe,
A noite cai sobre a cidade. As janelas do saguão do aeroporto refletem a luz como espelhos. Ninguém se aproximou de mim. Vejo os sobretudos molhados, o que significa que já está chovendo. O movimento de quem entra e de quem sai diminuiu conforme a noite foi chegando. Continuo pensando em comprar uma passagem de volta. Eu direi a eles que não consegui os documentos de residência nem tenho uma carteira de identidade. Eles vão me interrogar por uma, duas horas, ou até mais, depois me jogarão no avião.

A menos que eu diga a eles que sou um detetive e que seguia aquela mulher que rasgou a carta, e que ela conseguiu fugir antes que eu a pegasse e detivesse, e que a carta está em minhas mãos e que eu sei, por ter lido sua ficha, que ela não voltou para seu país pela simples razão de... de ter matado o marido para se juntar ao seu suposto namorado ou amante que a levaria com ele para o Canadá, onde ela poderia desaparecer. No entanto, o tal amante não veio, e é por isso que ela mudou seu plano e viajou em busca de um refúgio em outro lugar, com outro homem. Tudo pode ser confirmado pela carta, por isso vou falar que eles deveriam me deixar livre para continuar seguindo aquela mulher.

Mas sem documentos eles não vão acreditar em mim.

A menos que eu volte ao apartamento, dê uma olhada no que deixei lá e veja se o ex-namorado retornou, por exemplo, usando a chave que ele tem. Preciso voltar para trocar a fechadura. Eu me esqueci disso. A menos que eu durma aqui esta noite... Eu não vou encontrar uma loja aberta para comprar uma fechadura e nem um serralheiro a uma hora dessa.

Porque essa mulher, eu a matei. Em um momento de pânico que tomou conta de mim, eu a matei.

Eu estava deitado do lado dela. De repente, ela se aproximou e grudou em mim, eu estava num estado entre a vigília e o sono. Senti e vi vermes rastejando na minha pele. Eu afastei sua mão como quem raspa os vermes dos cadáveres, mas ela começou a me tocar novamente pressionando meu corpo. O medo cegou minha mente, ou a raiva, ou os dois ao mesmo tempo... Um sangue azul envenenado sacudiu meu corpo e obscureceu minha visão.

Eu, agora, porque estou contando o que aconteceu, busco me lembrar. Não estou querendo inventar desculpas para mim. Eu já matei muitas pessoas antes. Nem seus gritos nem suas lágrimas nem suas súplicas, nem o resmungo agonizante na forca ou nos caixões dentro dos quais lutavam como demônios como se tentassem remover as balas de seus buracos antes de se entregarem a seu destino... nada, nada disso me afetava. Nem mesmo com o cheiro eu me importava, considerava aquilo uma consequência natural, de certa forma, do apodrecimento da carne. Eu conseguia dormir, sem remorso, medo ou raiva. Na tortura seguida de morte, eram eles ou eu! Um destino irrevogável. Quanto ao prazer que sentia, ao qual terei, eventualmente, de responder diante de Deus, é um caminho natural para qualquer um que acorda ao amanhecer para cometer o que cometera na véspera. O prazer não é uma escolha. A embriaguez com o poder, a firmeza e a coragem com que uma mão segura o destino dos homens não são coisas supérfluas. Ver um oficial, um professor universitário ou um juiz beijando seus pés não é um luxo. O sangue sobe e borbulha no coração, encharcado por drogas naturais, provavelmente semelhantes àquelas que provocam prazer nos viciados e os força a voltar sempre para elas de mãos atadas. Ser capaz de reverter os papéis e os destinos com suas próprias mãos significa que você se tornou o próprio destino, aquele para o qual você rezava, no passado, para ter piedade de você. Mas eu não me encontrava nessa situação. O que eu desejava era manter essa mulher viva, já que era o meu único refúgio, e eu não tinha interesse em matá-la.

Foi só pela manhã que percebi o que tinha acontecido. Ela estava esticada, rígida como uma tábua de madeira, com as pernas e os braços separados, o cabelo espetado como um tufo de espinhos, os olhos abertos, esbugalhados, a língua azul pousada entre as mandíbulas escancaradas. Eu devo tê-la estrangulado. Ela tinha marcas azuladas ao redor do pescoço e uma piscina de urina fria sob as nádegas. Com muita dificuldade consegui retirar pedaços da minha roupa de dormir de entre seus dedos. Eu cobri o rosto e o corpo dela com o lençol. Então fui para a cozinha, fiz um café, me sentei no banquinho e pensei: "Meu Deus, como ela está feia agora! Aconteceu o que tinha de acontecer, e talvez seja a sua feiura a causa de todo esse infortúnio que recai sobre mim. Quero dizer, ela está morta agora e não está mais ciente de nada. Mas eu estou vivo e tenho de sair dessa enrascada. Não vai ser fácil!". Dar sumiço em cadáveres nunca foi minha especialidade. Havia um grupo encarregado dessa tarefa, cujos métodos eu desconhecia.

Pensei que poderia muito bem deixar o corpo dela do jeito que estava e sair correndo imediatamente. Mas para onde? A vizinha argelina que vive no andar de baixo já tinha voltado do fim de semana fora. Ela era, como a mulher tinha me contado, a única pessoa que a visitava para conversar e trazer pratos de cuscuz ou qualquer outra coisa que preparava. O que aconteceria quando viesse bater na porta, um dia após o outro, e percebesse a ausência da amiga e ficasse preocupada?

Então, eu escrevi num pedacinho de papel: "Minha cara vizinha, vou me ausentar por alguns dias, vejo você na volta". Colei do lado de fora da porta e voltei para a cozinha. E se a argelina perceber que a letra é diferente da escrita da sua amiga? Mas quem disse que as duas mulheres trocavam cartas e conheciam a letra uma da outra?

Estou num atoleiro e preciso de tempo. Era tudo que eu precisava nesse momento. Esta mulher que me escravizou e envenenou minha vida fazendo de mim seu cãozinho, tudo porque ela tinha pena dos cachorrinhos perdidos, não vai acabar comigo!

Liguei o rádio. Sua cantora favorita ressoava com uma voz rouca horrível; essa cantora que ela me contou ter começado a vida como uma prostituta nas ruas de Paris. Eu desliguei imediatamente. Perdão é um mistério divino. Perdoaram a prostituta e a transformaram numa grande estrela. Mas quem vai me perdoar? Seu coração? Seu coração de mãe? Não me faça rir!

Você se lembra daquele poema chamado "Coração de mãe"[7], que você me fez aprender de cor, descrevendo o poeta como sendo um gênio?

> *Certo dia, um homem seduziu um jovem boboca*
> *Com dinheiro para conseguir algo em troca*
> *Traz-me o coração de tua mãe, invoca*
> *Dinheiro, joias e riqueza te dou*
> *Em seu peito o filho a faca fincou*
> *Arrancou o coração e correndo voltou*
> *Correndo tão rápido que o coração caiu...*

---

7 Poema de Ibrahim Almunthir, muito conhecido e recitado no mundo árabe.

Imagine que o coração caiu, saiu rolando, e o rapaz, correndo atrás dele, tropeçou e, então, o coração gritou:

Filho querido, você se feriu?

Percebendo o que tinha feito, o filho começou a lavar o coração com suas lágrimas de arrependimento, e ao tentar se esfaquear para se redimir transformando-se num exemplo, ouviu o coração de sua mãe exclamar novamente:

Para! Quer me matar duas vezes?

A lembrança desse poema me fez perder o ar de tanto rir. Há momentos em que é melhor rir do que ficar parado pensando, triste. O fato é que ainda sei de cor esse poema ruim. Eu nunca entendi por que ou para que "um homem seduziu" esse jovem boboca, e muito menos entendo que seja possível ensinar às crianças coisas tão sórdidas, como esse esfaqueamento sangrento. Abrir o peito e extrair um coração que fala enquanto rola. Oh, Senhor, tenha piedade! Isso implica que qualquer menino seria capaz de fazer uma coisa dessas, por analogia à história, e que o coração da sua mãe iria perdoá-lo necessária, antecipada e instintivamente por esse ato que é, em suma, o ápice da violência, ou essa violência, o cúmulo da barbárie!

É extremamente violento e bárbaro também mutilar um cadáver. Seu coração, dentro ou fora do peito, não vai me perdoar, mesmo sabendo que fui obrigado a fazer o que fiz. Vergonha e infâmia! Pensei muito. Eu sei, mas a necessidade tem seus preceitos. Nunca na minha vida fiz algo assim, pois deixávamos para alguns condenados a tarefa de carregar os corpos para os caminhões, sem que eu soubesse o que era feito com eles depois. Como vou poder esconder esse cadáver, nem que seja por um tempo, o suficiente para conseguir escapar? Mas, primeiro, onde esconder? Nos armários? Impossível, está rígido como um tronco.

Quando o Senhor me chamar para prestar contas, vou questionar: "O que eu poderia ter feito? O que eu poderia ter feito depois que o Senhor me lançou nessa fornalha, nas chamas do inferno? O que eu poderia fazer depois que me abandonou?"

Vou voltar amanhã para trocar a fechadura e retorno rapidamente para cá. Que Deus a tenha, e me ajude!

Eu... acho que ainda vou pensar sobre essa carta, se envio para você ou entrego em mãos, ou se devo destruir tudo o que escrevi porque contém confissões sinceras que podem me levar à forca ou à prisão perpétua. Amanhã decido.

Vou colocar uma canção de Fairuz[8] nas opções do meu celular e vou dormir. Tentarei não chorar pela beleza e ternura de sua voz.

Minha querida mãe... Onde quer que você esteja, eu desejo a você uma boa noite...

---

8 Cantora libanesa, uma das mais consagradas vozes do mundo árabe.

Querido irmão,

Eu pensei em escrever essa carta, porque agora você conhece aquilo que chama de verdade. E tem razão... até certo ponto, já que a pura verdade não é o que você imagina.

Todo mundo tem seus segredos e você precisa me ajudar naquilo que interessa a nós dois. Não tenho muito tempo. Estamos esperando um avião pousar, porque o anterior, que deveria ceder o lugar a este, está demorando para liberar a pista. Pouco depois da decolagem, recebeu a ordem de retornar para o aeroporto para a retirada de um passageiro. Eu sei por que os seguranças fizeram o homem descer algemado. Aqui em meu bolso tenho a carta escrita por ele, endereçada à mãe, e que, presumivelmente, tentou esconder antes que o pegassem. Uma carta como essa, não se esquece nem se perde. Eu a encontrei quando arrumava os assentos depois que todas as bagagens foram abertas e todos os passageiros retirados para que se pudesse inspecionar a aeronave. As folhas estavam amassadas em formato de bola e enfiadas no vão que há entre o assento e a parede interna da fuselagem. Meti a carta no bolso da calça quando vi, de relance, que estava escrita em árabe. Agora eu sei por que eles não inspecionaram a fundo seu assento. O homem não era um terrorista, não carregava bagagem nem armas. Ele era, pelo que li, apenas um criminoso que matou uma mulher que o abrigava em sua casa e estava tentando escapar. Portanto, eles já sabiam qual era o crime que ele cometera. Haviam encontrado o corpo da vítima e conseguiram alcançar o assassino antes que ele voasse para longe.

É horrível o que esse homem fez! No entanto, por não ter entregado a carta para a polícia logo, por ter passado um tempo lendo e relendo, já não posso mais entregá-la. Como vou justificar ter ficado tanto tempo com ela? De qualquer forma, já que eles o pegaram, talvez as confissões contidas na carta não acrescentem nenhum detalhe importante à sua acusação. Além do mais, a carta foi escrita para a mãe. Pobre mãe! A infeliz que só Deus sabe onde está agora. São as confissões de um filho para a mãe, a última pessoa que resta na vida de um ser humano, não importa o que cada um tenha feito. Não, meu coração não queria me deixar entregar à polícia suas últimas palavras e sua única confissão. Além do medo, tive pena dele. Isso é estranho, claro, porque ele é um assassino cruel. Mas toda pessoa neste mundo tem um lado inocente, principalmente quando está diante da mãe. Na sua presença, o indivíduo volta a ser uma criança, a criança que foi um dia, mas que o abandonou, largando-o no esquecimento. Mais tarde, vou pensar o que fazer com esta carta...

A mãe. O último coração com quem a pessoa pode contar. E eu perdi minha mãe, como aconteceu com o autor da carta, que passará o resto dos seus dias na prisão. Chorará sua mãe à noite, solitário e esquivo. Esse é também um homem sacrificado pelo destino, a quem nem Deus nem os homens perdoarão.

E por se tratar da nossa mãe, ou seja, da sua também, é que estou escrevendo para você. A verdade é que eu já a tinha perdido faz tempo, antes mesmo que ela morresse.

Eu não sei o que a fez mudar tanto. Resumindo, todo o dinheiro que enviava para ela não era mais suficiente. Ficava repetindo que a mãe da fulana e a mãe da sicrana ficaram ricas, que estavam construindo casas, prédios, e fazendo compras com centenas de dólares. Ela também não parava de falar sobre o aumento dos gastos com a pequena: a menina comia isso, a menina pedia aquilo e a menina precisava daquilo outro, e assim por diante. Cheguei a pensar que ela não queria mais ficar com a minha filha. Por isso liguei e disse: "Mãe querida, você sofreu muito comigo e nunca esquecerei o que fez por mim. Me dê um pouco mais de tempo e eu vou pegar minha filha para ficar comigo". Ficou furiosa e começou a me insultar pelo telefone dizendo que sua paciência se esgotara e que minhas belas palavras não resolviam o problema. Então eu falei: "Você quer que eu vire prostituta?" Ela bateu o telefone na minha cara, para nunca mais voltar a atender.

Tanta dor e tristeza me fizeram recordar que ela era a pessoa responsável pelo meu casamento infeliz, antes de eu completar catorze anos. Nunca me perdoou por eu ter me divorciado. Aliás, você também não. Ambos são responsáveis por eu deixar o país para trabalhar como empregada na casa dos outros e limpar a sujeira de pessoas estranhas, em banheiros de restaurantes e quartos de hotel. Minha mãe, naquele tempo, estava satisfeita, afinal eu estava longe, eu e o escândalo do meu divórcio. Além disso, eu enviava dinheiro regularmente, o suficiente para ela cuidar da minha filha. Mas "a fulana e a sicrana" acabaram quebrando o protocolo, como se diz por aqui, e comecei a escutar falar das repetidas viagens das duas meninas ao país, como uma delas chegava carregada de presentes de marca, exibia suas joias às visitas, alugava carro, e como a outra tinha construído uma casa, fazendo com que o pai não precisasse mais trabalhar. Mas ninguém se perguntava de onde vinha tudo aquilo, afinal as moças usavam o véu e muitas até mesmo a burca... Quem poderia duvidar de sua conduta?

As palavras da minha mãe começavam a girar na minha cabeça. Não foi ela quem me vendeu ao meu marido em troca do dote que garantiu o bem-estar dos homens da família? Sem eu ver nenhum tostão, exceto o dinheiro da passagem de avião que me fez desaparecer da sua frente depois do divórcio. Tirando isso, não vi a cor do dinheiro! Eu aturava tudo, todas as agruras para que ela ficasse satisfeita comigo e com a minha filha. Limpava sessenta vasos sanitários antes das dez da manhã, percorrendo dezenas de quilômetros nos corredores para ganhar um sorriso da encarregada da limpeza, que nunca sorria! E agora? Comecei a me perguntar...

Chorei lágrimas ressentidas por minha vida e decidi me prostituir, ser uma puta, uma vadia. Afinal, qual a diferença entre uma humilhação e outra? Só o dinheiro me afastaria um pouco do cheiro dos banheiros e da sujeira deste mundo, já que minha mãe, minha própria mãe, começava a me oprimir. Você já estava na prisão e eu trabalhava meio turno nos hotéis, como disfarce.

Dormir com os clientes foi muito mais fácil do que dormir com meu ex-marido. Eles eram tão gentis e tão educados que passavam metade do tempo conversando comigo, em seguida, me acariciavam. Além de me despertarem para um mundo de gozo e de prazeres que eu jamais havia provado, eles me pagavam bem. A única condição que eu tinha era não me penetrarem por trás, como fazia aquele jumento à força, a ponto de eu sangrar. Acho que ele era um homossexual enrustido, que escondia sua inclinação até de si mesmo. Eu sei disso... agora que sou uma mulher.

Tudo o que eu ouvia dizer sobre a vida dura das mulheres de rua eu não conheci. Nada de cafetões nem de casas suspeitas. Eu escolhia meus clientes nas "noites da tarde", em outras palavras, nos salões de dança frequentados por pessoas de idade, onde se encontravam pela tarde e se separavam ao anoitecer, ou se preferir, entre a sobremesa do almoço e a sopa do jantar em casa. Muitos eram maridos entediados, aposentados na maioria. No entanto, eu só me aproximava dos homens solteiros e dos novos frequentadores. No início, eles não conseguiam entender a presença de uma moça como eu entre eles. Eu dizia para todos que não gostava da geração de hoje, que eu era romântica. Desempenhava o papel da garota simples, beirando a tolice, o tipo preferido por homens naquela idade. Eles viam isso nas minhas roupas, que eu fazia questão de serem à moda antiga, como as usadas por mulheres da sua época e que traziam recordações da sua juventude. Eu realmente me divertia com eles, porque me achavam bonita, especialmente sob a luz vermelha e fraca do ambiente, que fazia todo mundo parecer dez anos mais jovem, ou até mais. É por isso que eles sumiam rapidamente depois que saíam à luz natural, mesmo ao anoitecer, porque as marcas duras dos anos voltavam a surgir em seu rosto, reforçadas pelo cansaço, pelo suor, pela maquiagem derretida e pelos cabelos colados na careca. Mas comigo era diferente. Eles esperavam na calçada e entendiam rapidamente o que fazer para ficarem sozinhos com a admiradora mimada. Sempre escolhia o homem de mãos macias, que cuidava das unhas em salões de beleza, pois isso revelava mais sobre sua situação financeira do que as roupas elegantes. Também me tornei uma especialista em avaliar sapatos masculinos, independentemente de serem novos ou usados. Por conta da sua satisfação comigo, nunca fiquei acanhada de receber o dinheiro que me ofereciam como um "presente modesto". Eu até tive a nítida impressão, na solidão em que se encontravam, de que eu oferecia a eles um serviço que os fazia recuperar a confiança na sua masculinidade. Você tinha de ver como me agradeciam! Com eles eu era uma mulher respeitada e isso era o suficiente para mim.

Até o dia em que conheci aquele árabe no hotel. Ele voltou a seu quarto enquanto eu ainda fazia a limpeza. Começou a flertar comigo com palavras impróprias. Eu respondi em árabe, pensando que poderia envergonhá-lo, mas isso o tornou ainda mais impertinente, depois saltou para cima de mim, e me bateu com força antes de me estuprar. Quando procurei a segurança do hotel e o responsável pelos funcionários, para mostrar os hematomas no meu corpo e as minhas roupas rasgadas, eles me arrastaram até o andar térreo e, como eu continuei a gritar, eles disseram: "Sabemos que você é uma prostituta, mas fazemos vista grossa, porque a vida é sua e o que você faz com ela é problema seu, mas inventar um escândalo para extorquir um homem árabe, que teme escândalos, isso nós não vamos tolerar". Em seguida, me expulsaram.

Foi assim que passei a trabalhar no aeroporto, graças a um cavalheiro, um dos meus antigos clientes, que intercedeu a meu favor. Eu tinha guardado algum dinheiro e depois daquele incidente eu decidi buscar minha filha para viver comigo e, claro, parar de sair com homens.

Meu querido irmão, preste muita atenção ao que vou lhe dizer. Depois disso, viajei para o país cheia de presentes e usando véu como as outras mulheres, ou melhor, estava de preto da cabeça aos pés. Encontrei a mamãe doente na cama. Mas não encontrei minha filha. Mamãe disse: "Sua filha fugiu. Eu não sei onde ela está". Umm-Rachid, a vizinha, me puxou pela mão e me levou até sua casa, onde explicou que a mamãe tinha obrigado minha filha a se casar e que agora ela estava morando com o marido no Golfo. Nós, a vizinha e eu, pesquisamos muito. Ela conhecia o xeique que realizou a cerimônia de casamento da minha filha, que ainda era menor, e conseguiu com ele o nome do homem. E, assim, indo da embaixada ao consulado e depois ao juiz, finalmente consegui seu endereço. Viajei até lá e encontrei minha filha trabalhando como empregada e dançarina numa casa que tinha tudo para ser um bordel. O homem se casou com ela como fez com dezenas de outras. Quando conheci o sujeito, fiquei atordoada: ele era um trans, em outras palavras, nem homem nem mulher. Um homem, maquiado como as mulheres e vestido como elas. Velho, gordo e devasso. Fiquei de cabelos em pé e ameacei: "Minha filha é menor de idade e eu vou mandar você para a prisão!" Ele então, com um gesto de sua mão gorda cheia de anéis enormes, disse: "Leva ela daqui!" e ordenou que seus lacaios nos arrastassem para fora.

Voltei com minha filha para o nosso país, sem que ela dirigisse a mim uma única palavra nem se dignasse a responder a nenhuma pergunta. Perguntei à mamãe por que ela tinha vendido a menina já que eu estava enviando muito dinheiro. Eu entendi, pelo que me disse Umm-Rachid, que um advogado de aparência bizarra frequentava a casa da minha mãe para tirar o filho dela — você — da prisão. Resumindo, ela foi enganada e o sujeito levou seu dinheiro, isto é, meu dinheiro!

Eu revirei a casa e encontrei ouro e prata, achei também a escritura da casa, falsifiquei a sua assinatura e a da mamãe, subornei as pessoas certas e vendi a casa. Se fui eu quem tirou as joias das mãos e do pescoço da mamãe enquanto ela estava no leito de morte? Sim, fui eu. Se a deixei morrer sozinha, sem sequer chamar um médico do ambulatório gratuito? Sim, isso mesmo. Mas não a sufoquei com o travesseiro como você um dia insinuou.

Minha filha continuou em silêncio, mesmo após tê-la trazido comigo para cá. Pensei que iria tratá-la nos melhores hospitais. O resto da história você pode imaginar. A mulher em cuja casa trabalhei para conseguir um pouco mais de dinheiro para dar conta dos gastos com minha filha não me suportava. Aliás, não suportava nenhum ser humano. Um dia, ela me deu um tapa sob o pretexto de que eu tinha feito xixi no seu banheiro, e não no dos empregados. Tive que engolir. Seu grande prazer era menosprezar as pessoas. Até mesmo o marido dela, e provavelmente mais do que os outros, a ponto de, às vezes, eu sentir mais pena dele do que de mim mesma. Nada gera tanta aversão quanto a pobreza. O marido a detestava e eu fiz um grande favor a ele, deixando que ela morresse.

Sim, eu a vi no chão, caída, sangrando no banheiro. E pensei: "Deve ter desmaiado", e a deixei ali. Roubei todas as suas caixas de joias e também um dinheiro que era do marido, que ele guardava na gaveta. Então saí e fechei a porta com a minha chave. Fui eu quem avisou a polícia logo após encontrar o corpo quando eu voltei para o apartamento, como se eu tivesse acabado de chegar. Eles, primeiro, suspeitaram do marido que, sem dinheiro e desempregado, reclamava para Deus e todo mundo do temperamento ruim e da dificuldade de conviver com ela. Disseram que ele simulou o roubo e matou a mulher para ficar com a herança. Então, eles me ameaçaram, reviraram meu apartamento e não encontraram nada. Acreditaram na minha inocência. Durante o interrogatório eu chorava lágrimas doídas. Chorava de medo e chorava pelo que havia se transformado a minha vida, mas eles pensavam que eram lágrimas de quem estava sendo acusada injustamente.

Meu irmão, eu não matei minha mãe nem essa mulher. Talvez eu as tenha deixado morrer, o que é diferente. Talvez elas tivessem morrido mesmo se eu tentasse salvá-las.

Não sou uma assassina. É a vontade de Deus e era Seu julgamento. Por que deveria recusar Sua justiça quando Ele teve compaixão de mim, entre um golpe e outro? Quando a vida dura resolveu fechar os olhos um pouco e ficar mais tolerante comigo?

Eu sou vítima da minha mãe e também daquela mulher. É assim que eu vejo. Eu não agredi ninguém, apenas levantei a mão para evitar os golpes. Isso não se chama matar.

Também não impede que eu sinta muito a falta da mamãe. Falo com ela à noite e choro. Por que mãe? Se uma mãe não amar a filha, quem mais vai amá-la neste mundo? Por que você mudou tanto quando envelheceu? Não fui obediente até o fim? Por que endureceu com a idade, comigo e também com a minha filha, que você recolheu do meu ventre e levou diretamente para seu coração? Por que você me detestou depois do meu divórcio, querendo me esquecer e me apagar da sua vida? Você sabe muito bem por que fugi daquele homem e me refugiei em seu colo e por que pedi o divórcio. Você o teria aturado mais do que eu? Por que você permitiu, sem se importar, que eu me perdesse e me degradasse servindo aos outros? Por qual culpa eu deveria pagar, por qual pecado? Eu não posso acreditar que tudo foi em razão do dinheiro, da sua ganância...

Eu digo a mim mesma que o homem que escreveu a carta ainda tem esperança de encontrar a mãe e acredita em seu perdão depois de todas as confissões que ele fez a ela sobre os crimes que cometeu. Eu sei, pela carta, que ela é tudo que ele tem nesse mundo, e que ele se apresenta diante dela como diante do Criador, aceitando Seu julgamento, despido de todas as mentiras. Espero que você esteja me ouvindo de onde estiver e que me perdoe. Eu também sou mãe e sei que você me ama e que me amava quando eu era pequena, antes de a vida ser dura com você, e que, como aconteceu comigo, o acúmulo das amarguras foi pesando no seu coração.

Assim a vida decide: envia suas tempestades, e nós... plumas ao vento.

A vida ou a pobreza? Às vezes sinto que Deus criou certos seres para nada. Seres cuja vida não tem utilidade nenhuma e ninguém precisa deles para viver. Assim como Ele criou as moscas perniciosas, que transmitem doenças e colocam seus ovos em cadáveres. Sem dúvida, há uma sabedoria nisso. Moscas, baratas, vermes, como o homem da carta, maléfico e abjeto... e como eu também.

Servir me quebrou. Me tornei serva de tudo e de todos. Se houvesse um hino para os servos da terra, eu o aprenderia de cor e cantaria sem parar! E quanto aos outros, aqueles que Deus criou para que nós os servíssemos? Esses se deleitam mordendo o fruto da vida com seus fortes dentes. Não os invejamos nem temos a ambição de nos parecermos com eles, mas não dá para não salivar quando vemos o suco escapar da sua boca e escorrer pelo queixo! Nós, quando a vida é justa conosco, nos tornamos servos dóceis e agradecemos a Deus por termos a oportunidade de servi-los.

Estou olhando para minha filha diante de mim. Ela está sozinha. Eu também estou. Eu me sinto ainda mais sozinha desde que ela passou a morar comigo. Ela assiste à televisão com olhos distraídos. Eu não creio que seja muda, ela só quer me torturar porque me odeia. Me odeia por tudo que minha mãe deve ter contado a ela, que eu a teria abandonado, que não mandava dinheiro suficiente para elas viverem, enquanto eu vivia no luxo levando uma vida de pecado, e que eu era uma prostituta. Por isso, ela envolveu sua cabeça com um *hijab* no momento em que chegamos aqui. Não há dúvida de que me culpa por trazê-la a este mundo que ela odeia.

Eu vou para a cozinha, preparo uma xícara de chá, paro na janela e olho para a noite, uma noite de estranha atmosfera, sem pertencer a nenhum lugar. Uma noite densa de alcatrão viscoso que gruda nas pálpebras e nas mãos. Esta não é minha vida. Não sei como despenquei aqui, nem sei quem me empurrou para que eu me enredasse nesse meu destino, fechando todas as portas atrás de mim.

Meu querido irmão,

Eu ainda tenho as coisas que roubei, estão escondidas num lugar seguro. Quando você sair da prisão, terá de parar de suspeitar de mim e de me repreender com palavras duras, pois acabo de dizer toda a verdade. E terá de me ajudar a vender a mercadoria roubada. Você receberá sua parte da casa e de tudo que conseguirmos vender. Eu preciso tratar minha filha. Nós vamos nos comportar como irmãos, pois agora eu só tenho você. Estou sozinha e não sei como agir.

É claro que não vou enviar esta carta pelo correio. Vou dar um jeito de ela chegar a você ou, então, eu mesma levo até a prisão na visita que pretendo fazer, se Deus quiser, nos próximos dias ou semanas. Mas talvez seja melhor eu tirar essa ideia da cabeça porque estaria correndo um grande risco.

É isso, estão nos chamando para voltar ao trabalho.

Beijos.

Querido pai,

    Falar sempre foi difícil entre nós. Eu achava que o amor que sinto por você seria capaz de me desamarrar a língua.
    Meu sonho era poder sentar ao seu lado, tomar suas mãos entre as minhas, colocar a cabeça no seu ombro e conversar, eu e você. Mas a vida, às vezes, é injusta, e a distância entre nós só aumentou. O que mais me assusta é o arrependimento e a amargura pelas oportunidades perdidas no silêncio e na negação, quando percebemos que é tarde demais e que já não é possível um reencontro. Que Deus prolongue a sua vida!
    Eu sei o quanto você me ama, eu, o filho que você tanto esperou. E se escrevo esta carta hoje é para dizer que você me conhece muito bem, que não há segredos terríveis entre nós para que sejam revelados aqui, por escrito, porque são difíceis de serem ditos. Basta olhar todas essas fotos, em que estamos tão próximos, como se eu fosse uma parte

do seu corpo. Aquelas fotos em que você está brincando comigo, me dando de comer, me erguendo em suas mãos, se inclinando sobre meu berço; aquelas em que, sorridente e orgulhoso, você me mostra para sua mãe e seu pai, carrega minha malinha no caminho para a escola; e uma quando estávamos tomando sorvete e eu chorei porque ele derreteu, escorrendo pelo meu braço até o cotovelo.

Desde que fiquei sabendo que você estava doente — que Deus providencie sua rápida recuperação! —, eu sonho, à noite, que o estou envolvendo nos meus braços, como se você estivesse em perigo ou agonizando. Eu, com o dobro do meu tamanho, e você, miudinho, nu, e dobrado feito um feto, igual a um pássaro grande e sem penas. Então, eu o envolvo por completo, me inclinando sobre você como para protegê-lo de um grande perigo. Mesmo sabendo que sua doença não é grave e que segue melhorando a cada dia, esse tipo de pesadelo não me deixa. Se eu não conto mais nada para você sobre isso, é para não gerar preocupações e porque acho que, certamente, não é a entrada adequada para voltarmos a falar da minha "fraca personalidade", tema eternamente reprimido, e também porque quanto mais fragmentada e enviesada é a conversa, mais difícil e complicada de entender ela fica.

O que me encorajou a escrever para você foi a carta de uma mulher solitária e desolada, como eu. Uma carta que encontrei há muito tempo no meu armário no bar. Sim, eu estava trabalhando em um bar na época, não em um restaurante. Provavelmente era de uma das garotas que trabalhavam ali, na limpeza ou acompanhando os fregueses. Ela deve ter enfiado a carta no meu armário para escondê-la, talvez estivesse sendo perseguida pelo conteúdo do texto. Em todo caso, a carta não tem endereço nem assinatura, mas nela a mulher diz ter ocultado um documento sobre alguém, o que poderia incriminá-la. Mas agora é tarde demais, e talvez tenha sido melhor para ela.

O importante... o importante é que eu voltei a ler essa carta várias vezes, após dois anos. É como se eu conhecesse aquela mulher, como se a visse pedindo perdão a alguém sem obter esse perdão. Não só porque sua carta não chegará, não... mas em razão dessa necessidade que temos de que alguém nos ouça e depois resolva nos perdoar, independentemente do que tenhamos feito. Fiquei comovido, e senti remorso por ter esquecido a carta no meu bolso, como se tivesse negligenciado algo valioso que fora confiado a mim, mesmo sabendo que a chance de fazer esta carta chegar a um destinatário era nula. Quase uma traição ou desistência... Resumindo, sem muita esperança, eu passei no bar e perguntei se alguém procurou por mim. Me disseram que não; na verdade, todos os empregados eram novos. A carta é de uma mulher a seu irmão preso, na qual ela confessa o que sempre escondera dele, fala de sua vida até então e por que ela se encontrava sozinha no mundo. Essa carta, que não chegou ao destinatário, parecia ser uma voz que não foi ouvida por ninguém desde sempre. Essa mulher perdeu a voz quando nasceu. Senti, ao ler, quão próximo era meu destino do destino dessa mulher, e quão parecidos são nossos caminhos. Eu me perguntava, como se estivesse com ela: "Para que resistir se nossos destinos são traçados no momento que nosso pequeno corpo sai do útero de nossa mãe?" Como se fosse possível recuperar, com muita compaixão, também pelos pulmões doloridos obrigados a se encherem de ar, o momento em que a massa de carne que eu era escorregou entre as mãos da parteira...

Meu querido pai, não quero me prolongar contando meus sofrimentos em detalhes, prefiro dizer já que eu sou, em algum lugar, extremamente orgulhoso de você, do seu amor por nós, da sua vontade de nos proteger em tempos difíceis, da sua disposição em se sacrificar por nós e pelo que você acreditava e ainda acredita. Sempre tento me imaginar na sua idade no seu tempo, incapaz de dizer se eu faria o que você fez na vida. Na verdade, este é um exercício impossível, totalmente impossível. Ninguém pode se colocar no lugar de ninguém, quero dizer, completamente no lugar do outro, até porque há um detalhe importante: meu corpo, reflexo da minha alma profunda, é diferente do seu corpo, e isso, você considera uma traição a você. Eu não posso ser um combatente, pela simples razão de que não tenho sua convicção, nem acredito nas causas que você passou a vida defendendo. Não porque sou uma "bicha", como você me chamava, pois há muitas pessoas iguais a mim que lutam e matam, talvez com mais selvageria do que as outras, mas porque assassinato e combate não são o meu caminho, além do mais, não sou capaz disso.

Eu, quando minha masculinidade saiu de controle e vi como o corpo da criança amada me abandonou, dando lugar à fragilidade e à ambiguidade que o tornaram feio, desprezível e indesejável... naquele momento, eu precisava tanto que você me amasse ou me ajudasse a compreender o que estava acontecendo. O que você considerou, a princípio, uma doença da qual esperava que eu me curasse com um empurrão da idade ou com uma dose de tempo, uma doença indolor, que não exigia que o filho fosse levado ao consultório do médico, por exemplo, para que fosse tratado com analgésicos... Essa "doença" se tornou uma falha, uma depravação, enfim, uma punição para a qual você ficou procurando motivos, uma maldição do céu, uma patologia que Deus infligiu a você por meu intermédio.

Sua dor doía muito em mim. Eu queria desaparecer. Implorei a Deus intensamente para que me curasse. Se foi Ele quem errou ao me criar assim, a quem mais eu poderia recorrer? Eu comecei a ter medo de você, não das armas que você portava nem das que eram carregadas por seus homens que o rodeavam. Eu ficava com medo do som da sua chave girando na fechadura, da sua nudez quando saía do banho, da sua risada estrondosa, das suas brincadeiras grosseiras e dolorosas, da sua perseguição velada e doentia à mamãe, da tirania que aplicava a nós em nome da defesa da pátria contra os perigos. Toda vez que você passava por nós na casa, meu sangue estremecia de pavor e de euforia. E quando nos deixava para voltar às batalhas, eu respirava aliviado ao mesmo tempo que chorava por sua eventual morte.

Mas eu cresci. E deixei de ser uma doença ou uma maldição. Agora sou quem sou. Porque houve outros que me amaram além de você. Voltei a ser belo e desejável e vi Deus em Sua ternura e autoindulgência. Eu, a quem você expulsou de sua casa, supostamente por causa de um cigarro de haxixe. Eu, a quem você cuspiu na cara, culpando-a por meu desvio. Quantos anos eu tinha na época? O "desvio", sua assombração, que você passava a ver em todo mundo e em tudo o que acontecia a seu redor. Você, o defensor dos fracos, dos oprimidos e dos explorados, você que lutou contra a injustiça — como sempre repetia —, quantos "desviados" você matou? Quantos traidores você assassinou "preventivamente"?

Pai, uma vez eu assisti a um documentário sobre um povo que vivia numa região remota da Rússia czarista, nos confins da Sibéria. Seu criador e deus era o corvo que chamavam de Kutcha. O estranho em relação a esse deus é que eles o tratavam como um dos seus, sem veneração, sem exaltação, sem adoração. Ao contrário, o culpavam e zombavam dele por suas criações e criaturas imperfeitas, chegando ao ponto de tratar o tal deus como um tolo por acreditarem que ele poderia ter feito o mundo mais bonito e a vida mais fácil e menos dolorosa. Eles, no entanto, o consideravam seu deus e criador, provavelmente porque ele estava perto deles, se parecia com eles, sendo possível criticá-lo, sem vingança da parte dele, nem cobrança ou punição. Quando os homens do czar, os cossacos, chegaram até esse povo, montados em seus cavalos aterrorizantes, para agregá-lo à Igreja Ortodoxa, eles mataram, queimaram, saquearam e usaram suas mulheres e meninas no lugar de vacas e animais de tração — que não existiam naquela região —, além de escravizar o restante da população e... construir a igreja de Deus sob a magnífica bênção do czar.

Pai, o czar é a expressão da vontade de Deus na terra? Não seria o corvo? Será que tivemos escolha algum dia?

Pai, eu não deixei o país para fugir de você ou da guerra, nem para completar meus estudos e melhorar minhas perspectivas de futuro ou qualquer outra coisa. Eu fugi dos czares e me juntei ao corvo que eu amei e que era tudo que sobrara para mim. Não, não sou nem anjo nem demônio. Eu estaria mais próximo do segundo, se entendermos que foi castigo o que me aconteceu.

Pouco tempo depois que conheci meu namorado, ele começou a apresentar sintomas da doença. Não conseguiu mais trabalhar e foi demitido pelo dono da loja onde estava empregado. Assim, nos mudamos do pequeno apartamento onde morávamos para um único quarto. Depois, eu saí da lanchonete onde trabalhava, que já não estava me pagando quase nada, e fui trabalhar num bar num bairro de judeus e gays, sem hesitar em aceitar vender algumas horas da minha noite para quem me oferecesse uma relação passageira. Estávamos precisando muito de dinheiro. Eu não tinha vergonha do meu trabalho como michê. Mas o tratamento não funcionou. Meu querido companheiro foi murchando entre as minhas mãos e, a cada dia, morria um pouco mais. Todos os meus cuidados foram inúteis.

Quando ele se recusou a ser internado num hospital, eu mesmo tive de lavá-lo e alimentá-lo, aliviar a dor da sua pele, já colada nos ossos e tomada por pústulas e ulcerações. Eu era como uma freira dedicada, limpando suas muitas feridas, todas as noites e a cada manhã. Eu o pegava em meus braços como uma criança e, devagar e com delicadeza, limpava a pele do seu corpo que minguava, com água de rosas, cobria suas chagas com gazes quadradas sem esparadrapo, trocava e lavava os lençóis, batia no liquidificador tudo que podia para alimentá-lo antes de descer e secar os lençóis nas máquinas coletivas e ir comprar o que precisávamos. Até o dia em que me pediu para parar. Ele disse: "Me deixe. Estou pedindo que não me toque mais", e começou a empurrar minhas mãos para longe. Parou de comer.

À noite, ao voltar, eu não subia mais para o quarto. Ficava sentado num banco na rua até o sono me dominar.

Certa manhã, fui acordado por um policial. Ele me disse com carinho: "O que você tem, meu filho?" "Meu filho", disse o policial! Chorei, me levantei e fui embora.

Eu o deixei morrer sozinho. Esta é a verdade, por mais que eu tente justificar. Não importa o quanto eu diga que me curvei à sua vontade, ou melhor, às suas ordens, ou que era seu direito recusar que eu o visse daquele jeito, feio e repulsivo. Eu o deixei morrer sozinho e disse a mim mesmo que, quando chegasse a hora, ele não precisaria de ninguém, iria apagar, tão fraco que estava, não precisaria de mim, porque já estava morrendo há muito tempo e eu deveria esquecê-lo senão morreria também.

Eu me acostumei com a rua. Tocar em outros corpos tornou-se um consolo. Buscava corpos que transbordassem saúde, peles que não supuravam nem sentiam dor, a não ser gemendo de prazer.

Meu apego aos leprosos e aos sarnentos — quero dizer, aos que sofrem de solidão — tornou-se uma paixão e uma prática, e eles são muitos. Aqueles que a vida lança com força às margens do isolamento e condena à reclusão obrigatória no curral dos invisíveis, onde eles não veem ninguém e onde ninguém os vê. Qualquer vazamento para fora da cerca terminaria na catástrofe da repulsa violenta, como ocorre entre dois corpos que se repelem por possuírem polaridade igual, nem que seja parcialmente. Dois mundos totalmente isolados um do outro, línguas codificadas, indecifráveis independentemente da direção.

Perambulávamos pelas ruas, umas vezes furtávamos, outras, esmolávamos, e eu ia esquecendo, ria muito e me divertia. À noite, eu os acompanhava ao lugar onde bebiam e dormiam: nas esquinas, embaixo das pontes, ou nos abrigos quando o frio apertava. Os testes que me obrigaram a fazer revelaram que eu não era soropositivo, o que me deixou aliviado.

Havia um rapaz que, de vez em quando, se juntava a nós para pregar, mas não era chato como os padres. Ele ria conosco, não ficava nos dando sermões sobre o fogo do inferno ou coisas desse tipo. Ele se dizia "evangelista", quer dizer, não pertencia a nenhuma igreja. Lia o evangelho e tomava o exemplo da vida de Jesus de Nazaré. Nós não o expulsamos porque, além das suas histórias divertidas, ele tinha conhecidos nas associações e fornecia o que nos faltava. Um dia, ele nos levou, eu e alguns rapazes, para fora da cidade, até um belo centro de imigrantes, parecido com um pequeno hotel. Ali, o médico me disse que logo eu perderia a visão de um olho e que deveria intervir rapidamente se não quisesse perder a visão do outro. Ele me disse que não foi nada que eu tivesse feito, pois a causa era uma bactéria transmitida por um tipo de inseto que deixa seus ovos nos olhos. Fiquei muito triste, mas o que fazer? Triste e com raiva. Então, me dediquei a tentar proteger meu olho saudável e, por isso, segui todas as recomendações do médico que vinha nos ver toda semana.

Perguntei ao evangelista, que se sentava conosco de noite para contar as histórias de Jesus, por que o povo, o povo inteiro, gritou Barrabás quando Pilatos perguntou: "Quem quereis que eu vos solte: Jesus, o nazareno, ou Barrabás, o ladrão?" Por quê? Sua resposta foi divertida e nós rimos: "Porque o povo nem sempre está certo!" Eu disse a ele que estava trapaceando, que a pergunta era: "Por que o povo 'votou' contra Jesus? Qual teria sido seu interesse ou qual a razão?" Um de nós disse que Jesus já sabia que era ele quem subiria à cruz. "Por quê?" perguntou outro... E ele disse: "Porque é assim que as coisas são!" O evangelista acrescentou: "Para nos salvar; ele morreu por nós". E quando argumentamos que ainda estamos morrendo e das piores formas, sem termos cometido um único pecado, ele refletiu por um momento, depois respondeu: "É uma parábola. O Evangelho são parábolas. Vocês sabem por que Jesus caminhou sobre as águas?" Quando dissemos que não sabíamos, ele respondeu: "Para que tentemos o impossível".

Gostei da ideia de andar sobre as águas. Olhei para os membros do grupo e percebi que eram sobreviventes, retirados do mar, que tinham perdido seus familiares e amigos nos barcos que afundaram. Talvez eles devessem ter tentado andar sobre as águas. Se não o fizeram foi por uma falha na fé ou na educação. Se fôssemos realmente crentes, nós caminharíamos, sem os barcos, sem seus perigos e seus custos, e eu mesmo teria colocado sapatos confortáveis e teria caminhado na superfície da água até a Europa, e talvez até mais longe; ha, ha, ha! Ou teria experimentado uma prancha, por ser mais rápida; e quem sabe não fizesse uma pequena parada para um agradável piquenique sobre a água, seguido de um bom cochilo para recuperar as forças e continuar a surfar?

Depois eu perguntei, só por diversão: "E por que o pano que cobre a parte inferior do crucificado nunca cai?" E adicionei: "Consta que, naquela época, o homem crucificado era deixado completamente nu com o intuito de humilhá-lo, expondo suas vergonhas. Por que Cristo foi coberto? Acho certo que as imagens das igrejas e suas estátuas respeitem os sentimentos dos fiéis e dos crentes, porque o crente é pudico, por natureza, e adora o recolhimento, enquanto nós, hoje em dia... eles nos despem em qualquer situação: 'Vamos lá, tire a roupa! Rápido, tire tudo! As cuecas também!' Como se o membro do indivíduo ou seu traseiro, posto a exame, pudesse revelar algum segredo. De qualquer forma, ninguém tem vergonha da nudez de nossos sexos, nem eles nem nós".

O evangelista voltou às suas parábolas, hesitando entre a seriedade e o gracejo. E nós acabamos expulsando o sujeito do nosso círculo, porque seu senso de humor era fraco. Quanto a mim, eu ampliei o círculo de conhecidos. Comecei a gostar de escutar idiomas que não conhecia. Quando alguém se dirigia a mim numa dessas línguas, eu apenas balançava a cabeça e sorria, sem entender uma palavra.

Por alguma razão, eles falavam muito comigo e longamente, talvez porque sabiam que eu não estava entendendo. As pessoas falavam comigo sem olhar para mim. Mas quando queriam que eu as escutasse realmente, me olhavam e falavam em inglês. Talvez elas achassem que eu era louco, um pouco em razão da minha aparência, porque eu era caolho. Por isso, de noite, elas choravam na minha frente, tomavam banho nuas sem sentirem vergonha de mim.

Certa manhã, saímos para fazer exercícios, já que era obrigatório, e vimos que o campo que se estendia diante de nós estava coberto por pequenas tendas coloridas, como flores que cresceram na grama durante a noite. Então, chegaram ônibus lotados de mulheres e crianças que desembarcaram em uma área rodeada por arame farpado. Vi policiais cercando o lugar, usando alto-falantes ao se dirigirem às pessoas, e de trás de suas armaduras de plástico arremessavam garrafas de água e trouxas de roupas; e, do outro lado do campo, estavam os caminhões de TV. Fiquei atordoado, e disse a mim mesmo: "Não é bom ficar mais aqui". Fui embora.

Estou escrevendo tudo isso, pai, para dizer a você que eu voto como os outros, em Barrabás, a consciência do povo, e que reconheço, definitivamente, o poder do czar. Agora sou um andarilho doente e cego. Não tenho dinheiro nem lugar para dormir. Estou cansado e gostaria de voltar para casa.

Ainda tenho meus documentos comigo. Se você aceitar, mande o dinheiro da passagem, ou um telegrama, para o posto do correio do aeroporto de onde eu vou enviar esta carta para você e onde esperarei por sua resposta.

Por favor, pai, não demore a responder. Até mais.

2 No aeroporto

Feito louca, fui ao aeroporto, esperando alcançá-lo.

O homem que certa vez encontramos e zombamos do seu bigode me disse que ele tinha acabado de pegar um táxi, carregando uma mala grande.

Duvidei que esse homem fosse um parente dele, em virtude da gentileza exagerada com que se apresentou. Disse que sempre me via passando pela rua e olhando demoradamente para a janela, que minha situação era de cortar o coração...

De qualquer forma, pensei que, naquele momento, não tinha tempo para tentar tirar essa história a limpo. Rapidamente chamei um táxi. Me dirigi ao portão de onde partiam os voos para o seu país. Esperei por horas, feito uma idiota...

Como seria possível encontrá-lo? Por que acreditei naquele malandro? O que ele esperava de mim com essa mentira?

Eles são povos esquisitos; seus homens são complexados, doentes.

Eu costumava passar pela sua rua várias vezes por semana. Quando encontrava seu quarto iluminado, ficava no café do outro lado da calçada, entre prostitutas e cafetões, esperando que ele descesse para comprar alguma coisa, ou para caminhar. Eu fingiria que estava lá por acaso... Outras vezes, ficava observando as cortinas, à procura da sombra de uma de suas muitas amantes. O que me movia era uma vontade profunda de puni-lo; queria vingança. Mas eu buscava um componente de crueldade, um modo de vingança que fosse muito doloroso para ele, algo que abriria um buraco na sua vida, o qual não conseguiria esquecer.

Mas não pude saciar minha sede. Nas últimas semanas, sua janela estava sem luz o tempo todo. Eu cheguei a perguntar à vizinha, a prostituta gorda a quem eu presumia que ele frequentava; respondeu dizendo que não o via há algum tempo.

Esse homem era pernicioso por natureza. Um sujeito miserável, arrogante, pretensioso, convencido, retrógrado, presunçoso, violento e de lágrima fácil. Assim que pensou ter feito com que eu me apaixonasse por ele e me levou à sua cama, teve início a tortura. Uma tortura programada e metódica, por meio da qual, seguindo sua lógica doentia, buscava provavelmente me amarrar mais a ele.

No fim, acabei tendo aversão a ele e aos inúmeros complexos que parecia carregar desde sua miserável infância em seu país sofrido. Sua solidão, que apelava para o meu carinho, tinha se tornado uma assombração teimosa que atormentava minha cabeça. Eu não conheci nenhum amigo seu ou parente, nenhuma amante capaz de ficar com ele por mais de uma semana.

Uma mistura de ódio e piedade tomou o lugar desse amor que tinha destruído anos da minha vida. Depois, a piedade desapareceu.

A vingança se tornou meu objetivo, sem ela eu não poderia voltar à vida que ele me fez interromper. Voltar para os homens, para o amor e para o sexo. Eu sinto como se ele tivesse drenado o sumo da minha alma, e que não vou mais conseguir ser bonita ou desejada por alguém novamente. Como esse homem era capaz de me desejar loucamente e, na mesma noite, me abandonar? Eu dizia a mim mesma que de tanto me amar ele queria me colocar à prova, fazer de mim seu Jó, fazer comigo o que Deus fez com Jó de tanto amá-lo. Ele o escolheu justamente pela bondade que carregava no coração. O Senhor disse a ele: "Você é merecedor do que farei com você. Eu o escolho dentre todos os homens para lhe dar o privilégio de um tormento sem limites. Você estará livre, sem obrigação de satisfazer minha aposta no seu amor por mim. Deixarei para você a escolha de perder, mas a história só se completará se eu ganhar a aposta". A moral dos provérbios, das histórias e das fábulas!

Ele me escolheu para atormentar. As mulheres com quem dormia, ele as deixava ir embora em paz e até mesmo com um quê de candura e gratidão. Mas eu não. Era como se ele tivesse condenado a me trazer de volta a todo custo, a me fazer voltar do lugar para o qual eu havia conseguido escapar, isso quando conseguia escapar. Procurava incansavelmente me trazer de volta para depois me arremessar para mais longe.

O que me aflige agora é minha tolice. Por que eu voltava para ele todas as vezes? Como deixei que ele me arrastasse pela promessa de ficar comigo, de me recompensar pela minha força de suportar e pela minha capacidade de esconder as feridas do meu coração, sem que eu o responsabilizasse por meus defeitos, por minha doença? Até que fiquei doente dele e como ele. Tudo isso ultrapassou o limite do suportável. O caminho até ele se tornou tão horrível que retirou de mim qualquer desejo de chegar. Eu não queria mais seu amor nem a profecia de Jó. Eu queria ficar com minhas feridas em vez de me livrar delas.

Eu não agarrei aquele seu amor e ele não me recompensou com a cura para que eu pudesse recusá-lo.

Ele desapareceu. Eu achava que o amor fazia as máscaras caírem, que ele era a verdade, como fui ensinada, de acordo com as palavras de Jesus... Agora, tenho a impressão de que uma máscara gigantesca cobre o mundo inteiro, de que o mundo é um acúmulo de milhares de máscaras empilhadas, e de que eu sou cega.

Sento num lugar afastado para que as pessoas não me vejam chorar. Tenho vontade de gritar para elas: "E daí? O que há de estranho no meu choro? Não são os aeroportos lugares de despedidas e de lágrimas?"

Assoo o nariz e inspiro longamente. Se meu pai não tivesse morrido, teria ido até ele. Meu pai era o único a quem podia perguntar: "Para onde foi esse homem? Como pode ter me deixado sem uma palavra? O que é que ele queria de mim? O quê?"

Pai, me ajude! Seriam a solidão e o sofrimento dele invenções minhas? O que faltou eu tentar com ele? Por que meu coração ficou tão apegado a ele? Agora que estou só e ele longe, às vezes, no ônibus, sinto sua cabeça contra a minha. Começo a tremer e, depois, a chorar. Por quê? Por que passei a seguir qualquer homem que se parecesse com ele? Por que ficava caminhando atrás, durante horas, mesmo sabendo que não era ele? Será que ele me amou algum dia? Por um instante? No café, na rua, na cama? Será que eu me parecia com alguma mulher que ele amava e ele via essa mulher em mim? Será que eu me parecia com sua mãe, que, imagino, ele odiava visceralmente e não admitia que fosse feita nenhuma pergunta sobre ela?

Teria ele sido forçado a desaparecer? Teria inimigos que eu desconhecia? Duvido que tenha retornado a seu país sem ter aludido a isso uma única vez, mesmo como uma probabilidade remota, especialmente após recuperar o passaporte. Acredito nisso, pois, afinal, nós ficamos amigos ou...

Será que ele conseguiu pegar de volta o passaporte? Não estou certa disso. Ele mentia muito para mim. É incrível como mentia! Consigo caminhar entre suas mentiras como quem caminha entre as gotas de chuva! Entre uma mentira e outra, eu me esquecia de verificar minimamente o que estava dizendo. Eu não tinha terminado de engolir uma mentira quando ele me chegava com outra, até que, finalmente, me convenci de que os esforços consideráveis que ele fazia para construir tantos edifícios de mentiras eram evidências de seu amor por mim. O amor dos fracos, dos desesperados, dos perdedores!

Volto à minha obsessão e fico pensando como ele me domesticava da mesma forma que se domesticam os ursos ou os animais de circo. E eu aceitava, aceitava mesmo sem o torrão de açúcar! Depois, ele me soltava numa corrida de obstáculos. A cada obstáculo que eu saltava ele acrescentava dez, e eu aceitava. Aceitava sem receber sequer uma medalha de latão! Talvez, na sua mente doentia, ele imaginasse que eu sentia prazer com aquilo. Uma espécie de masoquismo feliz... Talvez estivesse certo, e tenha visto em mim algo que eu mesma desconhecia. Caso contrário, por que eu teria aceitado?

Sinto como se tivesse aberto minhas coxas e meu coração ao vento, a um fantasma, a múltiplos espectros de um homem. Quando ele me olhava longamente, eu me tornava transparente e desaparecia em seus olhos. Quando dormia comigo, me devorava como um fruto suculento e me descartava como se descarta um caroço, restos podres, envenenados. O que era que ele gostava em mim e o que ele odiava? Ele tinha medo de mim? Tinha segredos perigosos para guardar?

Será que ele se juntou com outra mulher que o amava mais do que eu? Mas por que a esconderia, sabendo que eu não me opunha? Como eu poderia me opor e com que direito? Ele sempre deixou bem claro que eu não tinha direitos para exigir dele; e eu aceitei. Sofri humilhações muito piores! Eu queria que ele se sentisse tranquilo e fui me tornando outra mulher. Aceitei o que nenhuma mulher do seu país teria aceitado. Talvez ele quisesse o contrário disso. Talvez quisesse que eu não me parecesse com elas. Não sei. Não sei mais nada. Nada além do meu ódio feroz, do desejo intenso de me vingar, a ponto de matar, matá-lo com minhas próprias mãos.

Tenho de voltar e procurar aquele homem de bigode. Mas mesmo que eu o encontre, não acreditarei em nenhuma palavra do que vai me dizer.

Como ele pôde me abandonar assim? Como pôde?

Cheguei ao aeroporto com muitas horas de atraso, mais de dez, seguidas por outras seis dentro do avião antes de decolar. Estava indescritivelmente exausto. O hotel fica a cerca de cem quilômetros daqui, aproximadamente uma hora de táxi, isso considerando pouco trânsito; mas, já que está chovendo, haverá lentidão nas ruas de qualquer jeito. Minha mala ainda não chegou na esteira de bagagens. Não é difícil que tenha se extraviado. Levará dias para ser encontrada, talvez eu já esteja de volta ao Canadá. Esse atraso na bagagem aumenta meu cansaço e o transforma em raiva e amargura.

    Mas por que eu não trouxe uma mala menor, do tipo que se carrega a bordo e se coloca no compartimento acima da poltrona, como sempre faço? O que eu estava imaginando? Ficar uma semana ou mais? É estranho como às vezes a lógica escapa da nossa mente!

    E agora, o que vou fazer? O funcionário me pede para preencher um formulário no escritório de bagagem ou ficar esperando, porque talvez ainda possa ser encontrada aqui na área de triagem e distribuição. Ele me explica longamente o estado de desorganização que prevalece em todos os aeroportos em razão do mau tempo. Estou completamente perdido, tão exausto que meu cérebro parou de funcionar.

Devolvi o carrinho e me sentei na cadeira para esperar. A esteira parou de girar de repente e os passageiros de outros voos começam a se aglomerar.

Lembrei que havia colocado meus remédios no bolso externo da mala. Peguei o que precisaria durante o voo e guardei o restante. Por que fiz isso? Os remédios não são pesados, poderia muito bem ter colocado na minha bolsa junto com as passagens!

Por quê?... Por quê?

E por que estou aqui? O que me tirou de casa numa noite de tempestade? Uma brincadeira? Uma piada? Para ver uma mulher que conheci quando ela era jovem? A curiosidade mortal? Ou a oportunidade de exercitar meu antigo charme masculino, do tempo que eu era jovem e bonito? E então, pensei: "Por que não? Vou até lá e vejo". Não quero me entregar à rotina da minha vida. É isso que lemos nos livros que têm um final bonito e é isso que nos atrai nos filmes, por mais pragmáticos que sejamos. As cenas dos filmes são como aquelas substâncias nocivas que entram na corrente sanguínea e permanecem indetectáveis à análise.

"Por que não?" Pergunta terrível, capaz de levar à perdição, porque é um jogo! No jogo, você pode perder. Isso não me convém, não interessa mais para mim. Como se fosse possível trazer de volta a ilusão da aventura quando já passou da hora! Acontece que visitei meio planeta. Aos vinte anos, interrompi meus estudos por um ano e viajei pelo mundo. Foi quando conheci aquela garota bonita, da qual guardo memórias deleitosas, embora a causa do meu deleite seja a minha juventude à época. Posso ter me apaixonado por ela, como acontece com frequência nessa idade. De qualquer forma, a vida não foi injusta comigo e eu tive minha parcela. Casei-me com a mulher dos meus sonhos e obtive sucesso nos estudos e no trabalho. O que é que estou querendo agora, quando minhas articulações não permitem que eu dê mais que uma volta até a esquina, como minha filha me diz zombando de mim? É a angústia da velhice? Essa angústia que pode chegar assim, sem aviso?

Ou será que meu entusiasmo mudou de repente porque minha mala não chegou ainda? Ou está perdida?

Talvez esse romantismo tolo que virou minha cabeça não tenha resistido ao cansaço da viagem, já que não estamos mais em livros ou em filmes. Há anos, não leio esse tipo de livro e não vejo nenhum filme romântico. Para o que essa mulher, aquela garota do passado, me trouxe de volta? Para que tipo de armadilha? Voltamos à realidade adulta assim que nos levantamos do sofá e abrimos a porta. O sofá onde nosso corpo cansado reconhece, imediatamente e com alegria, o lugar levemente marcado por ele no tecido, e essa porta que trancamos atrás de nós quando entramos em casa, como se nos protegesse dos horrores e pesadelos do mundo exterior e de seus perigos.

É a idade! Já é tarde, já é tarde demais, para mim e para ela.

Tenho certeza de que ela não veio. É impossível realmente ter viajado do seu país até aqui. Ela certamente pensou um pouquinho, sem se deixar levar, como eu, por quimeras.

No entanto, ela tinha me dito — ou melhor, escrito — que, se saísse de casa para se encontrar comigo nesta cidade, provavelmente não voltaria para casa, ela tinha outras viagens em vista. Por que ela me disse isso? Sobre que viagens falava? A menos que ela quisesse me fazer entender que seria apenas um encontro passageiro, que ela não tinha intenção de grudar em mim e que não esperava nada de mim!

Ao mesmo tempo, acho que esse discurso tranquilizador pode muito bem ser um truque ou uma armadilha. O que de fato eu sei sobre essa mulher? Não poderia estar fugindo de alguma coisa? E se meu encontro com ela fosse o grão de areia que impediria minha vida de girar? Na sua mente, sou ainda aquele rapaz romântico, aventureiro, viajando sem bagagem. Ela não pode imaginar o quanto eu mudei e o quanto estou distante daquele jovem.

Na verdade, eu não mudei. O mundo inteiro mudou. Aquela região que eu cruzei em todas as direções sem medo de nada, onde conheci pessoas que me hospedaram e me alimentaram, onde eu dormia sob as estrelas, sossegado e tranquilo... Poderia, hoje, viajar até lá? É claro que não! Impossível!

Mas onde estavam escondendo tanto ressentimento, tanto ódio? E essa violência terrível da qual eu não sentira naquela época a menor vibração? A montanha era um vulcão do qual eu só via o pico coberto de neve, provavelmente como todos os turistas!

Agora, quando eu vejo, nos noticiários ou em documentários, as imagens apocalípticas que chegam de lá, sinto como se nunca tivesse visitado esses países. É claro que não se trata de ficção, mas para entender o que está acontecendo lá é preciso dedicar energia e tempo que a maioria das pessoas não tem. Aqueles que conseguem, o fazem impulsionados por um sentimento de culpa totalmente inútil e que não leva a nada, a não ser inventar causas para jovens românticos que não têm causas para defender; esses jovens que, se passasse por sua cabeça a ideia de "ver de perto" este mundo ambíguo, acabariam retornando à sua gente, em fragmentos, em pequenas caixas, isso se voltassem!

Isto é o que eu digo à minha filha quando ela, num tom de brincadeira com um quê de seriedade, me repreende pela indiferença do homem branco, dizendo: "Mas você esteve lá, como não sabe nada sobre aquelas pessoas?"

Eu não sabia nada antes e não sei nada agora. Agora, estou numa cidade distante de casa, para encontrar uma mulher de lá...

O que sabemos sobre as pessoas que viveram guerras civis, violência, destruição, perda, desilusão e, necessariamente, um medo atroz? Como elas evoluem, o que muda nelas e endurece? No último quadrante da vida, naquele em que a morte se torna próxima e intensamente previsível, o coração não é mais do que uma bomba de uso prático. Sangue quente que jorra vigorosamente em nossos órgãos para escapar, só para escapar e nada mais.

Sem sentimentos, sem memórias, sem...

Essa mulher, do que ela quer fugir?

O funcionário se aproxima de mim e me chama para eu reconhecer minha mala. De repente, me sinto aliviado. Vou para o hotel mais próximo do aeroporto. Amanhã pegarei o primeiro voo de volta para casa.

Vou ter uma boa noite de sono. E vou desejar a ela uma boa noite também, onde quer que esteja.

Espero dormir um sono profundo.

Sinto falta do cheiro do pescoço da minha esposa.

Eles me arrastaram à força. Mas eu não parei de chutar e de urrar.

"Virgem Maria! Jesus de Nazaré!" eu dizia, enquanto gritava que era inocente, jurando por todos seus santos, cujos nomes eu sabia. Foi assim até o último segundo na delegacia do aeroporto e até a porta do avião... chorando e gritando: "Oh, meu Deus, o que eu tenho a ver com isso?"

"Onde escondeu seus documentos, se é que realmente você tem residência ou cartão de refugiado como alega?", perguntaram.

Jurei que estava aguardando esses documentos. "Onde está, então, o protocolo que foi entregue a você como comprovante e que permite que você circule?" Insistiram.

Jurei que o papel tinha se queimado com o restante das minhas coisas no incêndio que devastou o acampamento inteiro.

"Isso foi noticiado e dezenas de fotos circularam pelo mundo", argumentaram.

"Juro por Deus, não estou mentindo. Juro que estava prestes a solicitar uma segunda via, juro, juro, por Deus, eu juro!"

Eles riram de mim. Disseram que já tinham escutado essa história muitas vezes, e alegaram que, depois que o prenderam, meu amigo confessou tudo sobre aquele crime terrível. "Ele contou em detalhes o que ele fez, e depois o que você fez. Sua parte é mais grave do que a dele. Vocês assassinaram uma cidadã que lhes deu abrigo, a roubaram e a esquartejaram. Há partes do cadáver que ainda não foram encontradas; o coração, por exemplo. Vocês comeram a carne da mulher? E ainda se perguntam por que as pessoas têm medo de vocês e os odeiam? Vamos! Que cada um volte para seu país..."

"Juro que não tenho nada a ver com isso, juro por Deus!"

"Muitas testemunhas o conhecem e muitos também viam vocês juntos. E agora, não temos mais tempo para joguinhos, ou você confessa ou vai para a Albânia, onde eles conhecem mais do que nós as artes do interrogatório."

Tentei mentir, menti obrigado, esperando que acreditassem um pouco em mim. Estava afundando numa areia movediça, quase sufocando. E quando gritei, chorando, que me matariam lá, eles perguntaram: "Quem o faria?" Então eu respondi: "Membros de uma gangue com quem trabalhei, antes de ficar com medo, medo e esperança ao mesmo tempo, por isso fugi deles..."

"Nós vamos entregar você à polícia albanesa. Vai ter de explicar sua situação lá."

Como aquele árabe louco pôde fazer isso comigo? Bastou encontrá-lo, num dia chuvoso, na frente de um supermercado, para assinar minha sentença de morte! Eu passei anos fugindo, porque nasci numa terra maldita, e aqui estou, agora, a um passo da execução. Não posso deixar de me perguntar qual teria sido meu destino se eu fosse, por exemplo, inglês ou australiano ou sueco? Será que eles me "interrogariam" dessa maneira? Às vezes, me sinto como uma hiena macho rejeitada pela mãe fêmea, quero dizer pela vida, a qual nenhuma alcateia aceitaria.

Eu disse a eles que era um bandido, mas não um assassino; um bandido, e sem escrúpulos, mas se tivesse conhecido as intenções desse criminoso, eu o teria denunciado. Eu disse a eles que era o rei da denúncia, que já denunciei meu próprio irmão e roubei minha mãe até o último tostão para conseguir fugir para cá. O que teria me impedido de denunciar esse árabe se eu soubesse de alguma coisa?

Eu disse a eles que tudo o que eu pedia era que me escutassem, nem que fosse por alguns minutos, para contar todos os horrores que cometi, daí eles acreditariam em mim, se apenas um deles me ouvisse. Eu disse a eles: "Agora que vocês me condenaram à morte, me concedam um último desejo".

"Oh, mundo! Oh, humanidade! Oh, vocês!"

A partir desse momento, ninguém mais me ouvirá nem falará comigo. Agora, faço parte dos dejetos da natureza. Aqui estou, como uma carniça pútrida e, por isso, vão me jogar no avião e me amarrar ao banco.

Não acho que vão permitir que eu veja alguém depois de aterrissar. Eu serei levado diretamente do avião para a prisão. Lá, também, não vão acreditar em nenhuma palavra do que eu vou dizer, nem sobre o árabe nem sobre a gangue. Mesmo que acreditem, admitindo que eles me dessem tempo para explicar, quem vai me proteger dos assassinos que estão do lado de fora? Quem sou eu para que a Justiça garanta minha proteção? Qual é minha utilidade para eles? Não sou nada além de um mafioso com antecedentes, fugindo da sua Justiça e da Justiça do país que me expulsou. Eu não sou ninguém.

A melhor coisa, para mim, ainda seria que não acreditassem, que me deixassem numa cela trancado. Mas, mesmo assim, os membros da "organização" seriam capazes de enviar alguém para me matar na prisão. Eles não têm redução de pena para traidores e eu os conheço muito bem... e sim, eu os traí. Eles vão ficar muito felizes com meu retorno.

Por que Deus colocou aquele árabe no meu caminho justamente quando estava na trilha do arrependimento? Isso significa que Ele recusa a minha penitência? Ou não existe penitência para pessoas que, como eu, cometeram tantos pecados? A menos que Ele queira fazer comigo o que fez com os profetas que amava: me testar!

Mas de que serve me testar morto?

Vou segui-la até os confins da terra.

Por sua causa, perdi muitos anos da minha vida. Agi como um burro, me considerei responsável, mesmo ela sendo três anos mais velha do que eu. As mulheres são uma maldição, um castigo para a humanidade desde os primórdios. O que os livros contam a seu respeito não são histórias de ficção.

Fui para a prisão por defender sua honra, ou quase isso. Queria juntar dinheiro, de qualquer forma, para evitar que ela vivesse na lama das ruas, se sujeitando a serviços humilhantes. Do contrário, o que significa a família? Sou seu irmão e tinha de defender sua honra; sua honra que se tornou um estigma de vergonha.

Meu pai morreu de exaustão, do trabalho duro e de tanto curvar as costas. Seu coração parou de repente, à noite. O mundo inteiro olhou na minha direção e sentenciou: "Agora você é o homem da casa". Minha mãe disse: "Sua irmã se divorciou e voltou para casa com a filha. Você é, agora, o pai da menina. Aja". Agi. Eu peguei a mala que tinham preparado para mim, e foi fácil. Até que Deus cumpriu os Seus desígnios, e os cães farejaram seu conteúdo.

Minha irmã me roubou. Eu descobri quando estava na prisão. Ela falsificou documentos e vendeu a casa. Quem diria? Ela roubou sua patroa depois de matá-la, e culpou o marido.

Quem acreditaria? Meu Deus, que diabo a assombrou? Como teve todas aquelas ideias e a habilidade de blefar e montar armadilhas tão bem elaboradas?

Eu digo que ela se livrou da minha mãe doente. Ela a matou. Matou a própria mãe.

Mas o que a transformou num monstro?

Não bastasse isso, fiquei sabendo que ela saía com homens. As pessoas nunca dizem francamente que sua irmã é prostituta, mas foi isso que ela fez. Essa mulher não é minha irmã. Por Deus, eu não a conheço!

Ela certamente fugiu. Deve ter deixado o país rumo a "um destino desconhecido", como dizem. Não encontrei nenhum rastro dela. Desapareceu, e ninguém sabe onde está. Mas vou saber de tudo lá, naquele país. Lá, devo encontrá-la. Não pode sumir assim tendo uma filha! Mesmo uma prostituta criminosa voltaria para levar sua filha após a morte da mãe, pois a menina não tem um pai a quem possa recorrer. Seu pai se casou e há muito tempo não quer saber dela.

Eu vou resolver as coisas nessa vida, começando com a recuperação da casa, depois vou procurá-la e quando a encontrar, vou matá-la. Sim, assim que botar as mãos nela, vou cortar sua garganta.

Ai...

Ela acabou comigo, e não me deixou escolha. Ela era minha irmãzinha bonita e carinhosa quando éramos crianças. Dividia comigo sua parte da comida. Corria para a rua para me defender dos meninos quando me escutava chorar. Segurava minha mão e me levava à mercearia, me deixava escolher o que eu queria e pagava com o pouco dinheiro que tinha. Ela me protegia dos espancamentos e chorava quando meu pai me castigava. Me pegava em seus braços pequenos, lavava meu rosto com água e me fazia rir. Eu dormia ao lado dela, perto do seu coração, enquanto me contava histórias que repetia quantas vezes eu pedisse. Me deixava brincar com sua trança até eu adormecer.

Meu Deus! Meu Deus, me diga para onde foi essa menina pequena? Onde está minha irmã?

Como escapar dessa enrascada em que ela me colocou?

E para onde, agora que peguei emprestado o dinheiro da passagem?

Para onde?

"Chegou algum telegrama em meu nome?... Não? Obrigado..."

"Há alguma passagem de avião enviada em meu nome?... Não? Obrigado..."

"Chegou algum telegrama em meu nome?... Poderia ter sido enviado a uma outra agência de correio no aeroporto?... Não? Obrigado..."

"Receberam alguma passagem de avião em meu nome?... Poderia ter sido enviada por engano a outro escritório da companhia fora do aeroporto?... Não? Obrigado..."

3 Epílogo: a morte do carteiro

Os cachorros dos vilarejos costumavam me perseguir até os cemitérios. Com alguns eu tinha de ter muito cuidado, especialmente os ferozes de rua, sempre famintos. Colocava na cesta da bicicleta o suficiente para distraí-los, para que não corressem atrás de mim e me mordessem, porque minhas pernas não aguentavam mais tantas mordidas. Envelheci, provocar os cachorros deixou de ser uma diversão para mim como quando eu era jovem.

Mas eu amava meu trabalho. Pensava sempre como seria triste e infeliz quando me aposentasse. Velho, as pessoas se esqueceriam de mim e dos horários em que eu passava; ninguém me esperaria mais. Elas saíam de casa e ficavam na porta quando escutavam o trim-trim-trim da minha bicicleta, levantavam os braços de longe com a pergunta. As famílias daqueles que partiram e as recém-casadas apaixonadas — ou, mais precisamente, as esposas deixadas sozinhas em casa após a partida do marido para o Golfo — eram sempre as primeiras a correr para me ver. Minha felicidade ao entregar as cartas era quase tão grande quanto a delas ao recebê-las. As fitas gravadas só precisavam ser colocadas no gravador, mas quando se tratava de cartas escritas, eu ficava para ler para elas. Não sempre, apenas quando era do meu conhecimento que a destinatária não sabia ler.

Tomava café com elas. Todas sabiam que eu gostava com "pouco açúcar" e, quando os envelopes ou os pacotes continham presentes e coisas boas, elas me davam sempre alguma coisa. Minha ronda, que terminava na mercearia, era um passeio alegre, exceto quando trazia notícias de morte. Mesmo assim, eu era bem recebido, afinal, que culpa tem o mensageiro pelo conteúdo da mensagem?

Em nossas regiões remotas, eu era um príncipe. Em todo lugar onde parava minha bicicleta, era bem recebido; as pessoas chegavam a me convidar para comer na sua companhia, além de me fazerem levar vários produtos da sua cozinha. O melhor de todos era o pão fresco, ainda quentinho.

Nada disso foi há muito tempo. Não. Nem a internet nem outra coisa substituiu minhas viagens, mesmo quando os cybercafés começaram a brotar feito cogumelos, porque não era fácil conseguir um computador, eram caros e as conexões caíam rapidamente; sem mencionar que eles eram monitorados pelo governo, e talvez fosse o próprio governo o responsável pelas constantes quedas da conexão. De qualquer modo, o usuário não podia dizer algo que pudesse desagradar ou que, simplesmente, passasse pela sua cabeça, tamanho era o medo de que o governo monitorasse tudo, até o ar que carregava as ondas. Mas a carta ou a fita raramente eram censuradas, por considerarem que eram meios retrógrados, muito distantes das ideias terroristas.

Acabei me tornando um simples funcionário dos correios. Não deixava a agência nem saía mais para distribuir cartas. Tudo por conta das guerras e dos combates que caíram do céu — ou subiram do inferno! — sem que ninguém soubesse por quê, nem como. *Da'ich!*[9] Bastava pronunciar essa palavra para que todos fugissem e fossem morrer nas estradas ou se refugiassem nos currais. Até os animais escapavam para os espaços abertos, ou então as pessoas se alimentavam de seus corpos. Eu também fugi várias vezes, depois voltava para receber meu salário, quando ainda havia um que chegava à agência mais ou menos na data prevista!

Agora, passo todo o tempo fugindo e voltando. Fugir, perambular, rondar e se humilhar, antes de voltar e escutar música quando eu encontro pilhas para o gravador. A porta dos correios foi arrancada e não há um único funcionário. Se eu tivesse esposa e filhos, eu não poderia ir e vir assim, quero dizer, deixá-los nos campos ou nas estradas para quando voltasse não os encontrar mais em nenhum lugar desse vasto mundo de Deus. Muitas vezes eu acho

---

9 Sigla em árabe para designar o Estado Islâmico no Iraque e na Síria.

que não testemunharei o fim do *Da'ich* — ou qualquer outro —, pois estarei morto antes que a ira de Deus se dissipe. É o fim para mim.

Às vezes penso nas cartas que não chegam aos destinatários, que estão amontoadas no canto de algum lugar, sem que o remetente saiba o que aconteceu com elas; acumuladas como as folhas mortas nos cantos de ruas vazias. Quem sabe não passaram a queimá-las agora. As pessoas já sabem que não há esperança de suas cartas chegarem ao destino e talvez nem escrevam mais nada! Porque quando os endereços desaparecem completamente dos bairros destruídos e nossas aldeias se tornam desertas, vazias de seus habitantes, a quem se vai escrever? E para qual endereço? Quando as guerras terminarem, vão ter de procurar muito pelos nomes das ruas, ou talvez elas ganhem outros nomes, de acordo com quem sair vitorioso e começar a controlar o lugar...

Estou pensando seriamente em emigrar para onde meu irmão está. Isso se ele não tiver já deixado o endereço que tenho dele. Mas eu preciso de um carteiro! Ha, ha... Sim, para trazer meus documentos oficiais que eu não sei se ainda estão na casa ou não. É que, atualmente, eu resido na agência do correio. Saio e volto sem poder chegar perto do bairro onde eu moro, que suponho ter sido completamente queimado e destruído. Mas quanto tempo vou ficar enclausurado aqui? As guerras se movem sem nenhum controle nem previsão. O derrotado de hoje pode se tornar mais feroz e destrutivo amanhã, e voltará com toda a carga quando todos tiverem pensado que estava derrotado e em fuga. Todas as notícias que eu capto no meu rádio me parecem muito defasadas, e portanto inúteis. Meu ouvido acompanha as explosões e o estrondo dos aviões no céu enquanto o rádio diz o oposto.

Passei a ouvir música apenas. Eu tento encontrar comida, o que está se tornando cada vez mais difícil. O tédio está me corroendo, agora que terminei de ler e separar todas as cartas que encontrei aqui. Classifiquei-as, numa espécie de registro, por ordem de data, guardando-as em arquivos devidamente rotulados, pensando que talvez as pessoas ou os funcionários pudessem voltar aqui querendo entregá-las às partes interessadas. Cada carta é grampeada no seu respectivo envelope, e na etiqueta consta o grau de importância ou de urgência da distribuição. Eu até tive o cuidado de completar alguns endereços que me pareceram vagos ou imprecisos para quem nunca trabalhou como carteiro nessa região.

Termino de escrever minha carta para qualquer eventual visitante. Eu a coloco bem à vista ao lado do arquivo das cartas classificadas...

É que eu posso muito bem morrer antes que alguém venha até aqui.

Nunca se sabe!

Título original em árabe
بريد الليل | *Barid al layl*

© Hoda Barakat 2017

A primeira edição em árabe foi publicada em 2017 pela editora Dar al adab, no Líbano. A edição brasileira foi acordada com RAYA the Agency for Arabic Literature em colaboração com Antonia Kerrigan Literary Agency.

Coordenação editorial **Juliana Farias | Laura Di Pietro**
Preparação de texto **Sandra Brazil | Renato Roschel**
Revisão **Luciana Baraldi**
Capa e projeto gráfico **Marcelo Pereira | Tecnopop**
Foto de capa © **Eric Meola | Stone pela Getty Images**
Diagramação **Negrito Produção Editorial**

Este livro atende às normas do Novo Acordo Ortográfico em vigor desde janeiro de 2009.

Dados internacionais de Catalogação na Publicação (CIP)

B224c
Barakat, Hoda, 1952–
Correio noturno / Hoda Barakat ; tradutor: Safa Jubran. – 1. ed. – Rio de Janeiro : Tabla, 2020.
160 p. ; 21 cm.

Tradução de: Barid al layl.
Tradução do original em árabe.

ISBN 978-65-86824-03-2

1. Ficção árabe. I. Jubran, Safa II. Título.

CDD 892.736

Roberta Maria de O. V. da Costa — Bibliotecária CRB-7 5587

[2ª reimpressão, 2022]

Todos os direitos desta edição reservados à
Editora Roça Nova Ltda
+55 21 997860747
editora@editoratabla.com.br
www.editoratabla.com.br

Este livro foi composto em Brown e Minion Pro e impresso em papel Pólen Bold 90g/m² pela gráfica Exklusiva em agosto de 2022.